Katharina Wenty
Hautflügelmieder

W0285370

Hautflügelmieder

Katharina Wenty

Erste Auflage 2022

Alle Rechte vorbehalten
Copyright 2022 by

Lektora GmbH
Schildern 17–19
33098 Paderborn
Tel.: 05251 6886809
Fax: 05251 6886815
www.lektora.de

Druck: MCP, Marki
Illustrationen & Covermotiv: Johanna Spitzmüller
Coverhintergrund & Linien Innenteil: Katharina Wenty
Covermontage: Lektora GmbH, Denise Bretz
Lektorat & Layout Inhalt: Lektora GmbH, Denise Bretz
Printed in Poland

ISBN: 978-3-95461-222-2

Inhalt

Analogie zu deiner Schönheit

Teil I
Das Ei und das Embryo

Auf einer Futterpflanze hat dich deine Mama abgelegt,
zusammen mit hunderten von Brüdern und Schwestern.
Ich bin meinen Geschwistern davongeschwommen,
als Erste bei der Eizelle angekommen,
eingenistet, auf neun Monate befristet,
endet meine Welt an Mamas Haut,
die deine klebt am Frühlingslaub.

Teil II
Die Raupe und der Fötus

Frisch aus deinem Ei geschlüpft,
hast du dir ein Raupenkleid geknüpft,
das deiner ersten Entwicklungsstufe entspricht.
Du frisst dich durch Blüten- und Blätterschicht,
bis du dich aus deiner zu engen Haut zwängst,
fünfmal.

Sobald du voll- und sattgegessen,
folgst du neuen Interessen.

Deine Farbenpracht verblasst,
du begibst dich auf Wanderschaft,
denn du bist nun mündig geworden,
deine letzte Haut längst verstorben,
und du selbst durch dich selbst
bald neu offenbart,
dein Ende ist auch dein Start.

Ich hingegen treibe im Mutterleib
auf und ab,
kann Dunkel von Hell unterscheiden,
bereits beschreiben,
welche Geräusche von Mamas Körper,
welche von der Außenwelt stammen.
Und wenn Mama und Papa zusammen
den Bauch streicheln und küssen,
ist es so, als ob sie auf mich
wie auf besonderen Besuch warten müssen.

Teil III
Der Kokon und das Kind

Ei, dann Raupe, nun Mumienpuppe,
glänzend hart wie eine Dinosaurierschuppe,
dein Seidenanzug an dich geklebt,
nicht wunderschön, doch glänzend genüglich,
zum Träumen gemütlich,
hast du dein Leben bisher nur zur Hälfte gelebt.

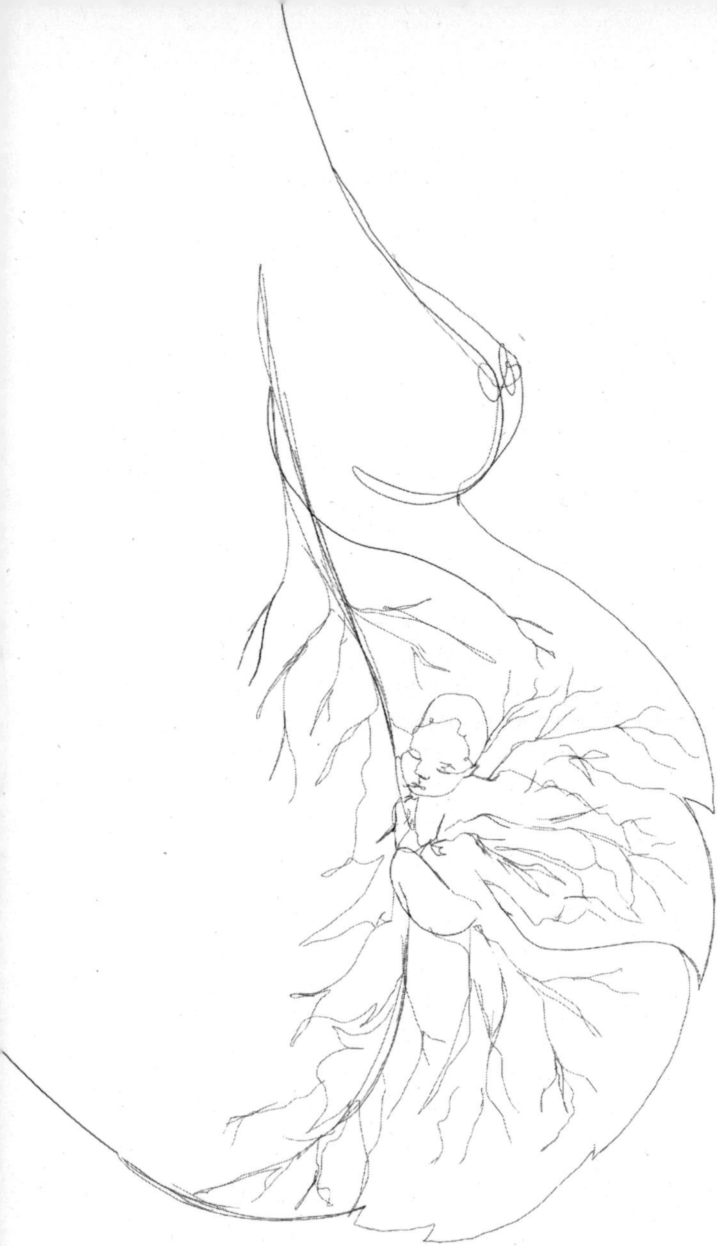

Ich schlafe in Wasser, du badest in Seide.
Mamas Fruchtblase gleich, dein Ballon,
parkend auf einem Zweigebalkon
abseits der Weide,
und im Schutzmantel der Metamorphose
küsst die Entwicklungsnarkose
uns beide.

Ich hab das Licht der Welt erblickt,
wäre fast am Schreien erstickt,
denn diese Welt ist so anders, als ich ersehnte,
ich anders als meine Eltern mich wähnten:
eine Gen-Mutation,
eine Fehlfunktion
meiner Zellen.

Jede Berührung entspricht einer Ewigkeit Qual,
Küsse meiner Eltern fühlen sich an wie Stahl auf Stahl.
Hätte ich die Wahl,
würde ich zurück in Mamas Bauch
oder, wie du, die Haut abstreifen an einem Strauch.
Denn die meine ist das Eis,
auf dem Schlittschuhe Kerben einschweißen,
meine Haut ist die Haut auf zu heißer Milch,
die Zähne zerreißen,
oder achtlos in Mistkübel schmeißen.

Meine Haut ist mein Käfig,
mein Kokon fehlerhafter Metamorphose,
innen blüht mein Geist, gleich einer Rose,
wachsend im Stundenglas,
doch im Sekundenmaß
splittert der Körper, außen drohen die Dornen.

Ich wünschte, meine Zellen würden sich einfach verhornen,
ich wünschte, ich wäre ein Drachen-
und kein Schmetterlingskind.

Du schläfst in deinem Kokon und ich weine in meinem.
Getarnt eingeschlossen
in deinem Seidenkleid,
bist du die Puppe,
die ich, ungetarnt verschlossen
in meinem Bandagenleid,
nur ansehen, doch nicht halten darf.
Die heile Welt, von dir erträumt,
hat mich bereits aufgeweckt,
die Hoffnung schnell eingeräumt,
sicher verwahrt
vor der Realität, die mich umzäunt
wie Stacheldraht.
Ich wünschte, es wäre Seide.

Teil IV
Der Schmetterling und der Schmetterling

Die Puppe, dunkel gefärbt,
sie platzt,
du schlüpfst,
leicht bläulich und gelb,
erblickt das Licht der Welt
dich im Kornfeld unterm Himmelszelt.
Du erforschst deinen fremden Körper,
der deutlich wenig robuster
schillert im Sonnenlicht-Farbenmuster.
Du pumpst Luft von außen nach innen,
Blut beginnt, in leere Adern zu rinnen,
ehe diese vertrocknen, als du die Flügel auffaltest.

Du hältst
dich fest,
hältst dich fest
an deinem kaputten Seidennest,
du wartest,

du wartest,

du wartest,

du

wartest,

stößt dich ab
und

fliegst
deinen allerersten Flug,
Richtung Norden.

Nun das zweite Mal erwachsen geworden,
hast du die Eleganz deiner Träume erworben,
bleibst aber ebenso verletzlich wie zuvor.
Dein Flügelschlag, dein biologischer Motor,
deine Schuppen glänzen wie Sternschnuppen,
viel weniger bedrohlich als viel eher bedroht,
eine Berührung bedeutet deinen früheren Tod.

Deine Besonderheit,
meine Absonderlichkeit,
die Anatomie deiner Schönheit,
die Analogie zu meiner Behinderung.
Deine Gesundheit ist meine Krankheit.
Deine Flügelstruktur meine Hautfraktur.
Du fliegst von Tulpe zu Orchidee,
mir tut manchmal sogar atmen weh.
Schmerz wurde zum Alltag,
meine Abnormität nun Normalität,
doch in Anbetracht der Fülle deiner Details
fühle ich mich nur würdig deines Gegenteils.

Doch sag mir, Namensschwester,
sind nicht Kuckuck und Amsel im selben Orchester,
die Seele freier ohne Fokus auf Leib?
Also behalte dein hübsches Kleid,
ich kleide mich in Verbände,
und wenn du magst, strecke ich meine Hände
zu dir und du landest darauf,
glaube mir, das tut nicht weh.
Deine Fühler begrüßen mich,
Pollen zu deinen Füßen findest du nicht,
die Begegnung zwischen hart und zart
trägt nur einen Buchstaben Unterschied,
doch wir sind dessen Bindeglied.
Oben du, als Hauptüberflieger,
unten ich, im Hautflügelmieder,
außen, liegend im Körper einer Kranken,
innen, fliegend, Wörter und Gedanken.
Deine Freiheit in Meilen,
unsere Einheit in Zeilen,
denn das, was wir teilen,
ist mehr als nur Name.
Du und ich sind nun Schmetterlingsdame.

Herzschläge der Nacht

Eine Nacht,
kühlzart, von ihrem eigenen Silber bedacht,
heller als der dunkelste Tag
und dennoch dunkler als die hellste Nacht.
Kälter, als dass sie unser Lächeln verdient.
Nieselregen und Stille
zwischen den Herzschlägen,
die immer wieder, immer wieder,
immer wieder neu erwachen,
im Takt lautstark entfachen,
weil er weiß, heute ist die Nacht, diese eine Nacht,
und er küsst sie, aufgeregt sacht.
Zitternder Atem und ein weiterer Kuss, ein weiterer Kuss,
ein weiterer Kuss.
Wer hätte gedacht, dass Liebe im Rhythmus
dieser Nacht verschmilzt,
im Überdruss der Dunkelheit
zu leuchtendem Feuer gedeiht?
Und er flüstert: *»Ich liebe dich, ich liebe dich, ich liebe dich.«*
zwischen den Herzschlägen, die sie teilen,
die Stille vermeiden
in dieser einen Nacht.

Ein paar Meter weiter, in der Wohnung daneben,
die nächtliche Stille ist hier gar am Dröhnen,
eine Mutter mit plagenden Gedankenströmen,
die sich alle zu einer Frage verweben:
»Wie geht es meinem kleinen Julian?
Es ist doch das erste Mal, dass er woanders schläft, und er macht ja manchmal immer noch ins Bett.
Ob die anderen Kinder wohl endlich aufgehört haben, ihn zu schikanieren?
Vielleicht war die Klassenfahrt ja doch keine so gute Idee,
aber wenn ich ihn jetzt *anrufe, würde er sich vermutlich bloß genieren.«*

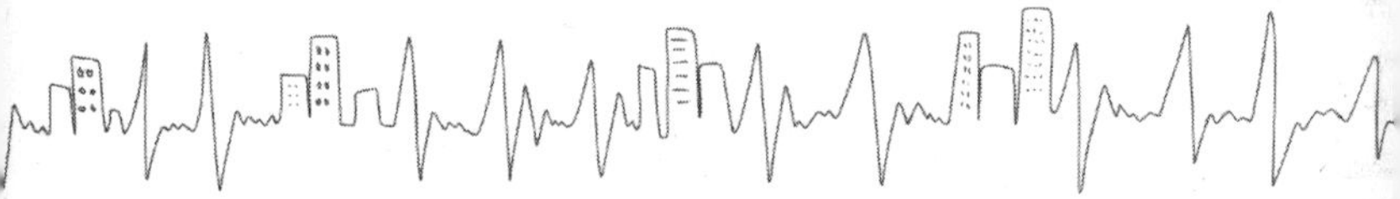

Einige Kilometer entfernt wälzt sich Julian im Stockbett des Sechser-Burschen-Zimmers im nassen Laken hin und her. Sein Gesicht glänzt wie das Sternensilber dieser Nacht im kalten Tränenschweiß,
denn er fragt sich: *»Warum ruft meine Mama denn nicht an?*
Es genüge ja ein kurzes Klingeln, damit ich endlich weiß,
ob Philipp mein Handy hier im Zimmer versteckt hat
oder sonst irgendwo ...
Wieso bin ich denn nur mitgefahren?
Morgen früh wird jeder dann erfahren,
dass ich noch Bettnässer bin,
dann macht die Klassenfahrt wirklich keinen Sinn.
Ach, könnt ich jetzt nur mit meiner Mama reden!«
Und sein Herz klopft laut in diese eine Nacht hinein.

Doch in den kurzen, kurzen Pausen der angsterfüllten Stille
zwischen Julians schnellen, viel zu schnellen Herzschlägen,
pocht das Herz von Philipp im Bett darunter.

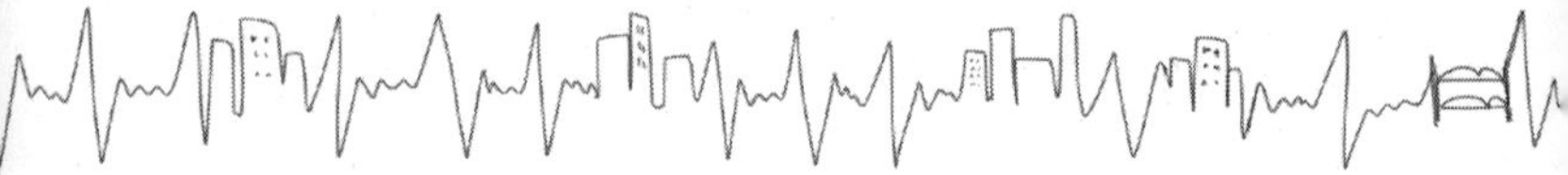

Obwohl er schläft, klopft es, als wäre er munter
und renne und renne und renne,
als erkenne, erkenne, erkenne er
gar nicht den Unterschied
zwischen Traum und Realität.
Denn er träumt denselben Traum wie immer,
und dieser Traum ist gar nicht schlimmer
als seine tatsächliche Realität,
seine Realität der schlimmste Traum.
Im Rhythmus seines Herzschlags
geschieht der Schlag des Vaters,
der Mama auf den Boden drischt,
Philipp hört, wie sein Vater betrunken an sein Ohr zischt,
spürt dessen Schlag auf seiner eigenen Wange brennen,
und Philipp will nur rennen, rennen, rennen.

Sein Herz, es schlägt nun im Gleichtakt mit dem von Julian,
nur Philipp schläft und Julian weint,
und ihre Herzen schlagen wie Trommeln
im Beat und im Off-Beat
in diese eine Nacht hinein.

Im Zimmer zwei Stockwerke tiefer
liegen die Eigentümer dieser kleinen Pension
Rücken an Rücken im Bett,
Hannes und Linda.
Ihre Situation ist, nun ja,
in Expansion voneinander
durch Emotion durcheinander,
denn alles, was sie wollen, sind ja nur Kinder,
aber jetzt, nach der zweiten Fehlgeburt, denkt sich Linda:
»Naja ... vielleicht sollten wir es doch einfach lassen.«
Daneben Hannes, der sich nicht traut, Linda anzufassen,
weil sie dann vielleicht wieder in Tränen ausbricht.
Er trägt denselben Schmerz, dasselbe Gewicht,
aber Linda sieht das irgendwie nicht.
Und all diese Schulkinder ständig im Haus
machen das Ganze doch nicht leichter als anfangs gedacht,
und ihre Herzen schlagen langsam, fast lautlos
in dieser einen Nacht.

Ebenso behutsam, aber langsamer, fast mühsam,
pocht das Herz von Gerlinde, der Mutter von Hannes,
denn sie kann, wie so oft nach dem Tod ihres Mannes,
nicht wirklich einschlafen.
Fast vor sechzig Jahren trafen sie einander das erste Mal,
und sechzig Jahre, die sind einfach wirklich unglaublich lang,
aber immer noch nicht lang genug.

In Gedanken erscheint er ihr, wartend in jenem Anzug,
den er auf dem Hochzeitsbild trägt,
das über dem Bett hängt,
und der im Kleiderschrank Staub fängt.
Gerlinde hört sogar noch den unregelmäßigen Herzschlag,
als läge er gerade eben auf seiner Seite des Bettes,
atmete leise pfeifend ein und aus,
hinterließe mit jedem Atemzug
einen sanften Geschmack von Tabak im losen Raum.
So fragt sich Gerlinde:
»Wie lange,
wie lange,
wie lange noch,
bis ich wieder bei ihm bin?«
Als die Sirene eines Rettungswagens in der Ferne aufheult,
rinnt ihr eine Träne hinunter,
nun ist sie ebenso munter
wie in jener schicksalshaften Nacht,
in der ihr Hubert nicht mehr war aufgewacht.

Wie es der Zufall so will,
kämpft auch in ebenjenem Rettungswagen
ein Hubert gerade um Kopf und Kragen,
doch *er* ist erst Mitte dreißig.
Vor zwei Monaten angehalten um die Hand,
nun hält die Frau die seine,
übermorgen wären sie im Standesamt,
doch stürzen Tränen auf die Beine.
Während sie mit Blaulicht durch die Straßen fahren,
betet sie das erste Mal seit Jahren:

»Bitte, lieber Gott, bitte,
lass ihn einfach leben,
einfach leben,
einfach
leben.«

Ihre Lippen, sie beben,
ihre Augen, sie tränen,
ihr Herz schlägt so laut,

s o l a u t

UND

L A U T E R ,

IMMER

L A U T E R ,

VERSUCHT, FÜR ZWEI ZU SCHLAGEN,
SCHLÄGT DOCH FÜR IHN!

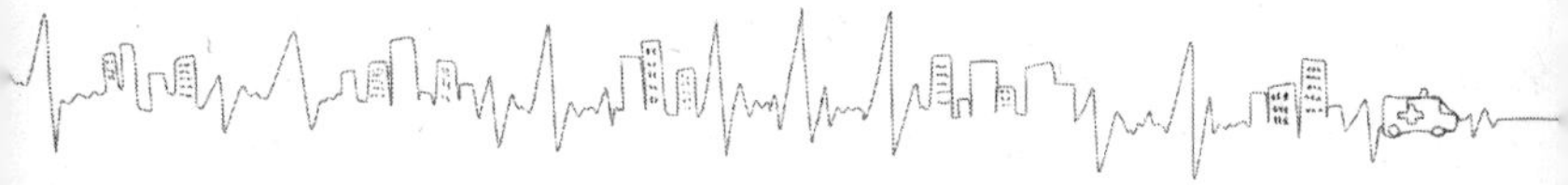

Und es schlägt
so laut,
weil es sie warnt,
weil sie es ahnt,
dass sein Herz ihn gerade verrät.

In dieser einen Nacht.

Die vielleicht wie jede andere Nacht erscheint,
wie jede andere unzählige Herzschläge miteinander vereint,
in der Stille
dazwischen
verweilt,
nur ein wenig,
ein wenig
länger
verweilt,
um zu erkennen,
dass man sich vielleicht gar nicht kennen,
gar nicht getrennt sein muss über Meilen,
um nicht nur diese eine Nacht,
sondern auch die Herzen in einer Nacht
miteinander zu teilen.

Und das eigentlich nicht nur in dieser einen Nacht.

Nur das Mittelmeer schrie seinen Namen

Meine Geschichte handelt von einem Familienausflug,
aber nicht per Fahrrad, Auto oder Zug,
sondern einfach nur per Boot.
Dieser Ausflug geschieht sogar unter Verbot,
denn Hans, der Vater, und auch Jakob, sein Sohn,
müssten eigentlich zuhause bleiben,
doch hier sind sie und treiben
auf und ab im kleinen Schlauchboot.
Während sie einem noch unsichtbaren Ziel zustreben,
hat sich die kleine Sarah bereits dreimal übergeben.

Generell ist die Stimmung eher gedrückt,
die Hälfte der Reise zwar schon überbrückt,
doch die Wellen um sie herum sind stetig am Steigen,
und Mutter Beate bereits seit Stunden am Schweigen,
denkt sie doch an Max,
ihren süßen, kleinen Frechdachs,
der nachts ins Wasser fiel und nicht wiederauftauchte.

So ein Erlebnis bleibt unvergessen,
denn Schuld und Schrecken zerfressen Gedanken,
während meterhohe Wellen um sie schwanken,
hartnäckig im Genick sitzen,
die Erinnerung an den Verlust ins Gesicht spritzen,
sich immer wieder erneut ins Boot winden,
um gleich daraufhin zu verschwinden.

Beate beginnt, diese Reise zu hassen,
ihre Hoffnung, immer mehr zu verblassen,
denn Max, ihr süßer, kleiner Frechdachs,
ist mitten auf hoher See verschwunden,
sein zierlicher Körper wohl nie mehr gefunden,
und sie,
sie drehen hier immer noch ihre Runden,
so kommt es ihr vor,
kein Land in Sicht,
ihr Land ruft zur Pflicht,
und sie waren gerannt,
vom Chaos abgewandt,
in der Hoffnung, Ordnung zu finden,
hatten monatelang Ängste zu überwinden versucht,
und irgendwann all die Ängste verflucht.

Ihr ganzes Geld ging für diese Reise hier drauf,
es hätte ebenso gereicht für den Kauf
von einem echt hübschen Haus,
aber ich sag's mal freiheraus,
die fünf Plätze im Boot waren halt verdammt scheiße teuer
und der Glaube, dass dieses Abenteuer
ein Happy End nehmen könnte,
stärker als jener, der ihrem Land Frieden gönnte.

Also gaben sie ihr Zuhause auf,
gaben all ihr Geld für ein Schlauchboot aus
und wagten sich aufs offene Meer hinaus.
Doch dann starb Max,
dieser süße, kleine Frechdachs
wurde von den Wellen in ihre Tiefen gezogen,
von den Wasserwogen
in den Tod gesogen,
Beate um ihren Sohn betrogen.
Und Beate schrie, Beate schrie,
Beate weinte und verneinte
und Hans hielt sie fest,
Hans hielt sie in ihrem Nest
der Plastiksicherheit
und Sarah übergab sich dreimal,
bis sie nichts mehr zum Übergeben,
nur noch das Überleben hatte,
und Jakob sagte nichts,
fragte nichts,
obwohl er alles hinterfragte.

Nur das Mittelmeer brüllte Max' Namen,
zischte ihn so laut, dass sie nichts anderes mehr vernahmen.
»MAX«, schrie es, »MAXIMILIAN!«
Beate sah in ihrem Wahn
die Hände des Kleinen aus den Tiefen nach ihr greifen,
hörte seine Stimme in den Winden pfeifen,
und nur Hans, ihr guter Hans, hielt weiter ihre Hand,
ließ sie nicht los,
so trieben sie auf dem neonroten Träumefloß
durch Geburt bestimmtes Unglückslos
im Wasserschoß des Mittelmeers gen Griechenland.

Ihr habt's nun sicherlich erkannt,
diese Geschichte versteckt so ein paar Lügen,
denn Leute von *da drüben*
heißen nicht Hans, Beate, Jakob, Sarah oder Max,
und dieser »Ausflug« trug den Namen Flucht,
weil in ihrer Heimat
das Leben mehr vom Tod bestimmt,
der Staat niemanden wohlgesinnt,
ihr Land den Krieg wohl nicht gewinnt,
weil Krieg niemals gewonnen werden kann.
Politik zu hinterfragen
als Verbrechen,
nicht zu allem Ja zu sagen,
als Versprechen
für die Freiheit, die sie wagen,
zu probieren,
denn was war schon zu verlieren
außer
das Leben?
Das hätten sie zuhause vermutlich sowieso verloren.

Doch als sie dann in Griechenland ankamen,
sagte man ihnen nur einen Satz:

»Verschwindet, wir haben keinen Platz!«
Natürlich waren ihre Namen
nicht Hans, Beate, Jakob, Sarah und der kleine Max,
sondern Khan, Kalila, Ali, Sahar und der kleine Ibrahim.
Das Mittelmeer schrie daher nicht: »MAXIMILIAN!«,
sondern: »IBRAHIM, IBRAHIM!«

Und irgendwann verstummte es,
irgendwann vermummte es
die tausend Toten
und aus den Namen
wurden nur noch Quoten.
Ibrahim wurde Nummer 1.217
im Jahr 2014.
Weil Kalila Ibrahims Händchen nicht mehr halten kann,
hält sie sich heute an Erinnerungen fest,
denn zumindest
sie weiß, dass Nummer 1.217,
für die meisten namenslos,
nicht nur ein kleiner Junge auf dem Zukunftsfloß
der Gummiträume war,
sondern ein Kind, ihr Sohn, ein Mensch namens Ibrahim.
Das bleibt wohl das Geheimnis von Khan, Kalila,
Ali und Sahar
und all den andern auf jenem kleinen Boot im Februar.

Denn wir wollen keine Namen hören,
sondern lieber auf Zahlen schwören,
alle hinter *einem* Wort namens »Flüchtling« verstecken
und uns dann vor *allen* erschrecken.
Von Europas limitiertem Empathievermögen
zeugen all die städtisch heroischen Triumphbögen,
welche alten Kriegsführern gebühren,
anstatt neue Friedensträger zu küren.

Wir halten nur an Wohlbekanntem fest,
so fest, dass nichts bleibt für etwaigen Rest,
von dem wir gar nichts wissen wollen,
also habe ich mit einer Lüge begonnen,
falsche Namen ersonnen,
sie am Ende wieder entnommen.

Die Geschichte bleibt trotz Lüge wahr,
die Lüge macht die Wahrheit klar,
dass Name nicht den Menschen macht
und Mensch sich keinen Namen macht,
ja, die Bezeichnung Mensch verliert,
indem er privilegiert Hilfe negiert,
Menschlichkeit dementiert.
Denn die schlichte Wahrheit an der Lüge ist:
Obgleich der Namen, die verwendet,
bleibt die Geschichte unverändert
und bis heute unbeendet.

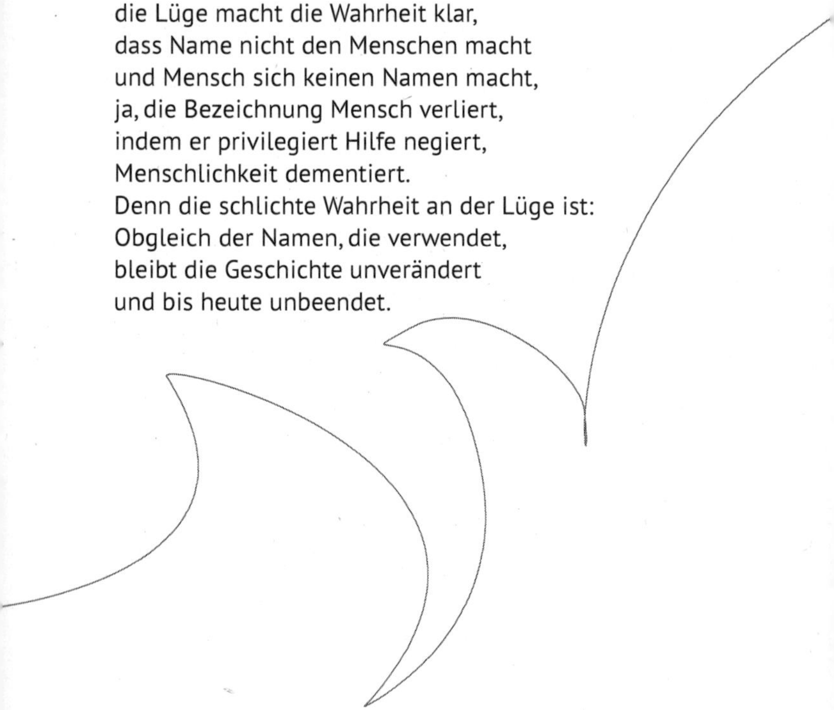

Ikarus, die Sonne

Montag ist Dienstag,
und Dienstag ist Mittwoch.
Jeder Tag gleicht dem andern
und egal, wohin wir auch wandern,
bleiben wir immer in diesem Kerker,
unserem Verlies,
das mein Vater als Handwerker
doch selbst bauen erließ.

»Mein Kind«,
spricht da dieser, *»der Wind*
scheint uns wohlgesinnt,
mein Sohn, lausche nun gut,
denn für das, was nun kommt,
brauchst du viel Mut,
aber alles wird gut.
Ich habe uns Flügel kreiert
und ich denke, es funktioniert
damit, dieser Gefangenschaft zu entfliehen.
Ikarus, wir werden über den Himmel ziehen
als Menschenvögel, Vater und Sohn,
und Zeus selbst wird in Faszination
uns belohnen.

Wir werden nicht mehr auf Kreta wohnen,
sondern auf Sizilien
und hierbei helfen uns diese Utensilien:
Die Federn werden mit Bändern und Wachs zusammengehalten,
also sieh zu, dass sie sich nicht wieder abspalten.
Sei nicht naiv, flieg nicht zu tief,
sonst lässt dich die Feuchte des Meeres abstürzen,
aber flieg auch nicht zu hoch,
sonst brennt die Sonne in deine Flügel ein Loch
und auch das wird dein Leben verkürzen.
Hast du verstanden, mein Sohn?
Morgen schon sehen wir meiner Arbeit Lohn.
Wir werden über Kreta schweben
und aufbrechen in unser neues Leben!«

Kaum in der Nacht ein Auge zugedrückt,
Gedankengänge rauf und runter:
Ist es brillant, ist es verrückt, ist es Wahn oder ein Wunder?
Doch trotz entschlafener Nacht putzmunter
bindet Daedalus nun Flügel an meine Arme,
sogleich er mich erneut warne:

»Flieg nicht zu hoch, flieg nicht zu tief,
flieg geradeaus, nicht schief,
dann werden wir auch sicher landen,
Ikarus, hast du verstanden?«

Ich nicke und nehme Anlauf,
schau nicht hinunter, nicht hinauf,
einfach nur geradeaus
– und siehe da, ich fliege,
ja, ich fliege,
ja, ich biege meine Flügel in der Luft,
ja, ich unterliege keiner Schwerkraft,
ja, obsiege jeglicher Vernunft!

Wir haben es tatsächlich geschafft,
es war nicht verrückt, es war brillant,
es war kein Wahn, sondern ein Wunder!
Die Welt von oben scheint viel bunter,
als ich von unten überhaupt geahnt
– Vater, das war hervorragend geplant!
Wir sind entkommen diesem grauen Labyrinth
und nun reiten wir auf unsichtbarem Wind.
Ich bin wohl das erste Kind, das fliegt,
das so geschwind die Flügel biegt
und sich in Himmelswogen wiegt.

Da überholt mich Daedalus und ruft:
»Ikarus, folge meiner Spurenluft!«

Und ich folge,
flieg nicht zu hoch, flieg nicht zu tief,
flieg geradeaus, nicht schief,
und so halten wir es beide.
Wer hätte gedacht, dass Menschenleibe
wie Getreide auf der Weide
in der Luft hin und her schwingen
und von Wind zu Wind springen.
Nicht nur Hermes ist dazu bestimmt, zu fliegen,
auch Menschen können die Physik besiegen.
Unter uns das glitzernd-schimmernde Mittelmeer,
ein Splitter-Heer aus Milliarden von Tropfen,
und mein Herz beginnt, schnell zu klopfen.
Sei nicht naiv, flieg nicht zu tief,
flieg geradeaus, nicht schief,
mahne ich mich selbst.

Kommst du dem Wasser zu nah,
machst du deine Flügel verwundbar,
es wird dich ertränken
und auf ewig in der Tiefe versenken,
mag es noch so schön schillern,
es wird deinen Wellensarg zimmern.
Flieg höher, flieg höher,
aber meide zu hohe Temperatur,
bleibe auf Daedalus' Spur.

»Ikarus, siehe nach rechts,
wir haben soeben Lebinthos hinter uns gelassen
und links können wir Samos und Delos erfassen,
nicht mehr viel
und wir sind endlich am Ziel!«

Unglaublich, wie schnell unsere Reise verläuft,
bisher war es ja ein Kinderspiel,
jetzt aber fast schon am Ziel?
Ich fürchtete, der Ozean ersäuft
meine Federn,
dabei bin ich dem Meer gar fern,
ob die Fische wohl denken, ich wäre ein Stern?
Ein Menschenstern mit Flügeln,
ein Kinderstern ohne Zügel,
geboren für die Freiheit in der Luft,
nicht für Gefangenschaft in einer Erdengruft.
Die Welt ist zu klein,
der Himmel allein
soll mein Zuhause sein!

Sieh nur den Sonnenschein
auf den Wellen tanzen,
sieh Strahlen ineinander verschanzen,
flechtend verweben,
einander Wärme geben,
in ihrem Bestreben,
den wildesten Tanz zu erleben.
Ich möchte einer von ihnen sein,
ebenso funkeln wie Edelstein,
ich möchte die Sonne berühren,
ihre Hitze in meinem Herzen wallen spüren,
ihr Leuchten soll mich führen,
verführen,
entführen,
durch die Türen
dieser Welt,
hinein
in die
ihres
Gelb.

So folge ich den Farben der Spirale meiner Sonne,
fliege höher und höher,
und schöner und schöner wird meine Sonne.
Ich komme, Sonnenschein,
gleich bin ich ganz dein!

Doch da höre ich meinen Vater schreien:

»Ikarus, komm hinunter, flieg zurück,
die Sonne bringt dir nur Unglück!«

Vater, du redest doch Stuss,
die Sonne ist der reinste Genuss,
schöner als Venus,
süßer als Kokos,
Vater, ich bin doch schon dein Sonnenschein,
aber jetzt werde ich die Sonne sein!

»Ikarus, mein Sohn,
das ist doch alles Illusion.
Komm zurück, komm zu mir,
komm nur ein Stück
zurück zu mir!«

Nein, Vater, mein Glück liegt in der Ferne,
es liegt wie das der Sterne
im Leuchten und Schillern
und bis am Morgen Lieder zu trillern.
Aber ich möchte der hellste und lauteste sein,
noch strahlender als die Sonne in ihrem Schein.

»Ikarus, du bist doch im Wahn,
komm zurück auf meine Bahn!«

Vater, die Sonne,
sie scheint nun ganz nah,
beinah
greifbar
und ich seh's nun, ich Narr,
sonnenklar,
was für ein Fehler das war.

Vater, das Wachs, es schmilzt nun dahin,

Sonne, willst du mich töten,
siehst du mich nicht in meinen Nöten?

Ich war im Irrsinn, im Wahnsinn,
Vater, ich gefalle der Sonne wohl nicht,
Vater, ich falle in ihrem Licht.
Meine Federn, sie brennen,
meine Flügel, sie trennen
sich voneinander,
Vater, ich war zu naiv,
ich flog zu hoch und nicht zu tief,
flog nicht gerade, sondern schief.
Vater, ich falle
und kralle
mich nirgendwo fest,
denn Menschen haben im Himmel kein Nest,
Vater, ich habe zuletzt
nicht auf dich gehört,
obwohl ich darauf geschwört.
Die Sonne hat mich nun zu sehr verletzt,
aber du, Vater,
flieg,
        flieg,
                flieg
                        schnell weiter Nordwest!

»IKARUS,
IKARUS!«,

höre ich dich noch schluchzen,
doch da bin ich bereits im Rhythmus
der Winde,
gefangen im Tanz
wildwirbelnder Dominanz,

ein Kinde
im Todeskuss
der letzten Sekunden,
gebunden
an meine brennenden Flügel,
und

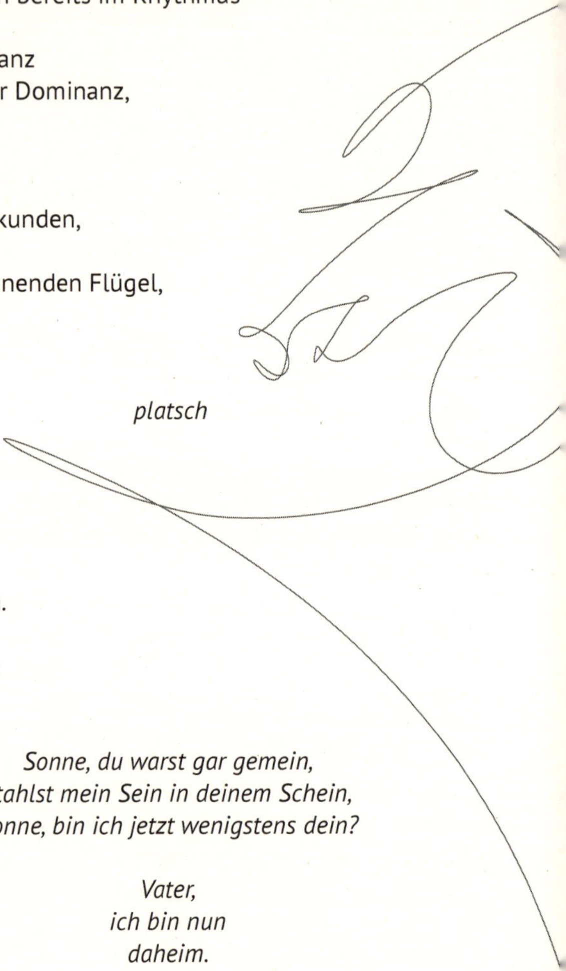

platsch

da bin ich
auch schon
im Meer
verschwunden.

Sonne, du warst gar gemein,
stahlst mein Sein in deinem Schein,
Sonne, bin ich jetzt wenigstens dein?

Vater,
ich bin nun
daheim.

Deine Welt neben meiner Welt

Du hast der Sterne Licht gestohlen,
ihr Leuchten in deine Augen befohlen,
doch ihr Funkeln strahlt nicht in der Ferne,
sondern direkt vor mir in die Ferne.
Blau-blinde Sterne, bunter als dein Lächeln,
als du sagtest, du seist einzig dafür geboren,
von Gott auserkoren,
Weltfrieden zu stiften.
Doch in der Ferne deiner Augen
seh ich dich wieder abdriften,
Gedanken, die Gedanken vergiften.
Deine Welt neben meiner Welt,
deine Realität, die sich zu meiner verhält
wie ein von Tränen gespiegelter Ozean
zu einem Wassertropfen im Größenwahn.
Ein bloßes Abbild im Schmutz
fungiert nicht als Schild für Schutz,
deine Blicke glänzen alleine,
die Beine versinken, und ich weine.

Salz und Blut halten uns zusammen.
Zwischen den Hologrammen
hohler Fantasien
stolperst du durch Kolonien
steinerner Gehirnzellen,
den Manien deiner Gedankenwellen,
und nur du selbst sagst dir,
dass alle gegen dich sind.

Du bist Mutter
für Alkoholiker, Geflüchtete, Bettler auf den Straßen,
doch du vergisst, dass deine Kinder schon seit Tagen nichts mehr aßen.
Du gehst stundenlang des Nachts spazieren,
während wir uns in Angst und Sorgen verlieren,
Notfallpläne für deine Nicht-Rückkehr schmieden,
doch da draußen betest du mit Fremden für Weltfrieden.

Nur im Augenschein
merke ich die Lügen,
die Wahrheit in Gesichtszügen.
Denn du sprichst die Wahrheit, wenn du lügst,
du lügst, wenn du die Wahrheit sprichst.
Dessen bist du dir freilich nicht bewusst,
die Scherben deiner Wirklichkeit stecken in meiner Brust.

Am Boden, zwischen Bruchstücken
des Mosaiks deines Du, Lücken,
verpixelt dein Ich,
gar und gar ähnlich
einem Gemälde Picassos.

Argumente bleiben stets leer und rinnen
durch die regen Röhren deiner Sinne,
Gottes Worte echoen in deinen Stimmen,
zerbrechen an den Wänden des limbischen Systems,
von deiner Psyche selbst gekrönten Diadems.
Dein Augenlicht erlischt,
die Sterne darin sterben,
während du panisch versuchst, ihre Asche aufzuklauben,
doch dein Ich
schillert tot in deiner Iris,
deine Taten dir selbst gar ein Geheimnis,
in deinem Kopf ein schwarzes Loch,
Zutritt und Reise verwehrt jedoch,
so bleibst du ein Gast zuhause.

Du brauchst eine Pause
vom Leben,
sagst du.

»Kind, sei mir kein Verräter,
sei im Gegenteil mein Täter,
bring mich jetzt um oder später,
aber schenke mir endlich Ruhe von dieser Hölle hier!
Ihr Kinder habt mein Leben zerstört,
weswegen eures mir gehört!
Ihr seid meines Schicksals Plage,
also tut, was ich sage,
aber keinem ein Wort,
weder Tanten, Freunden, Jugendamt,
ihr bleibt mein bis zum Ruhestand.
Wollt ihr meinen Selbstmord?
Nein, das glaub ich euch nicht.
Die Welt gegen mich und ich für die Welt,
ihr glaubt es mir nicht,
aber ich bin ein christlicher Held.«

Während die Stimmen in dir zu einem Orchester anschwollen,
die Sternenlichter deiner Augen im Wahn erglommen,
blieb das Universum dahinter verschwommen.

So hast du uns mit destruktiver Liebe festgebunden,
so effektiv und stramm, dass fast unsichtbar die Wunden
dort aufglühen, wo wir frieren.
Als ich strebte, zu florieren,
hast du mich abgeschnitten,
den Saft gepresst, getrunken.
Glücks- und gramversunken
haben deine Hände selten geschmeichelt,
deine Worte gestreichelt,
mit Blut gegeißelt,
in Wut gemeißelt,
schrien sie: Ihr seid mein Eigen!

Inmitten
von Drohungen und Bitten,
stetig gestritten,
Kindheit – nichts anderes als Betrug,
doch hatten wir derer niemals,
und selbst niemals war dir nie genug.

So nahmst du stets die Hand von anderen,
hievtest das gläserne Gewicht der Welt
auf schmale Kinderschultern und spaziertest davon.

Davon.

Davorn.

Da vorn.
Da vorn gehst du
in die Ferne
wie einer dieser Sterne
in deinen Augen,
in einer anderen Galaxie,
in einer Welt neben meiner Welt,
die nur durch Salz und Blut zusammenhält
sowie einer Prise Fantasie.

Denn deine Realität muss für sich selbst stehen,
damit du stehen, gehen,
die Welt sich weiterdrehen kann,
doch entsteht dein Vergehen ebenjenem Welt-Verdrehen.

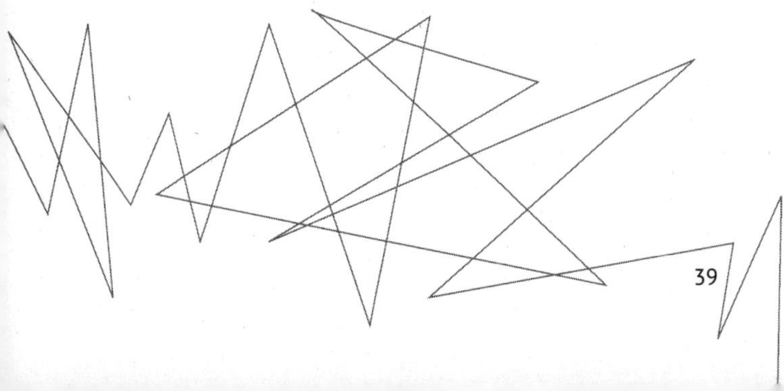

Ich warte auf die Gegenrichtung,
eine jede Lichtung grauer Gedankengräuel,
bis vielleicht, vermutlich nicht, aber vielleicht,
du meine Hände nicht mehr als deine Füße brauchst,
du des Nachts weinend vor meiner Tür auftauchst,
und ich warte auf dieses kleine, mikroskopisch zu kleine
Vielleicht,
dass dein Leben nicht nur verstreicht,
es zwischen den Händen,
die wir einander zuwenden,
zerrinnt,
wie eine werdende Mutter auf ihr Kind
warte ich, dass wir wieder Rollen tauschen,
wir, die wir vor Jahren irrtümlich Rollen tauschten.

Die Wahrheit ist:
Unsere beiden Wahrheiten sind beide wahr,
wenngleich bipolar,
magnetisch einander abstoßend und anziehend,
die jeweils eigene Wahrhaftigkeit garantierend.

Dies bezeugen die Sterne
in deiner Augen Ferne,
die sich verdunkeln, wenn du mich aus der Nähe anschaust,
und stets funkeln, wenn du wieder einmal abhaust
in die Welt
hinter deinem Augen-Sterne-Zelt.
Und du funkelst dann immer so hell,
so wunderschön blind-blendend hell
wie einer dieser Sterne
aus der Ferne in die Ferne.

Man könnte fast meinen, es sei Magie,
gemischt mit ein bisschen
Schizophrenie.

Findet den Unterschied!

1998, Herbst,
der Himmel im selben Blau eingeschwärzt
wie jener Opel auf der Autobahn,
vorne ein Ehepaar im Zorneswahn,
auf der Rückbank zwei Kinder.
Wütende Worte, immer geschwinder,
der Sohn beginnt, zu weinen,
die Eltern hören gar nicht den Kleinen,
die Tochter dreht sich um,
macht den Rücken ganz krumm,
grinst dem Busfahrer zu und winkt,
doch dieser grüßt nicht zurück,
also rutscht sie wieder nach vorne ein Stück,
»Mama, ich muss ua dringend, ich mach mich gleich an!«

Der Vater seufzt, blinkt,
der Streit gestört,
er fährt rechts ran,
ebenda hört
man einen berstenden Knall,
Schreie hinter Metall,
scharf splitterndes Glas,
und nicht mehr vier Herzen schlagen.

Dort, wo vorher eine Familie saß,
schweigen blutverrenkte Körper,
deren wutgetränkte Wörter
eben noch in Lüften lagen;
abwesende Stimmen tragen,
was nicht mehr blieb zu sagen.

In meiner Geldbörse klebt die Erinnerung
an den Metallklumpen,
aus dem man mich befreite,
in verbeulten Dachfalten am Boden
schlief ich in Sternstumpen,
und der Arzt prophezeite,
dass ich, wenn ich schon nicht sterbe,
nie wieder gehen können werde.

Als ich aus dem Koma aufmerkte,
nicht nach Sekunden, sondern Tagen,
wurden all die Wunden Narben
sowie Spiegel meiner Stärke,
denn die schmerzenden Beine
tragen Zeugnis, dass nicht ich alleine
Querschnitt und Summe zufälliger Entscheidungen
und entscheidender Zufälle bin.
Schicksal steht niemals 100 % in eigener Macht,
meines döste in den Augenlidern
eines Busfahrers in der Nacht.

Ab diesem Punkt lassen sich beschreiben
zwei Bilder von zwei Möglichkeiten
– doch, Obacht, ihr müsst sie unterscheiden:

Bild I

Nach dem Unfall sitze ich
in der Volksschule und lerne,
ein paar Jahre später schwärme
ich für Florian aus der 8b.
Mit elf das erste Mal Heimweh
bei der Sportwoche im Burgenland,
mit zwölf halte ich die Hand
meiner Oma, als sie stirbt,
mit vierzehn verdirbt
mir mein Bruder den Geburtstag,
ein Jahr später der erste Kuss im Park
von jemandem, den ich gar nicht so mag.
Nach zwei Bewerbungen der erste Job,
mit sechzehn der erste Kurzfilm (Flop),
mit zwanzig der erste Mic-Drop
it like it's hot,
nothing's gonna stop
me writing my own plot!

Bild II

Nach dem Unfall sitze ich
in der Montessori-Schule und lerne,
ein paar Jahre später schwärme
ich für Michael aus der 8b.
Mit elf das erste Mal Heimweh
bei der Caritas-Haus-Woche im Burgenland,
mit zwölf halte ich die Hand
meiner Oma, als sie stirbt,
mit vierzehn verdirbt
mir mein Bruder den Geburtstag,
zwei Jahre später der erste Kuss im Park
von jemandem, den ich gar nicht so mag.
Nach vier Bewerbungen der erste Job,
mit sechzehn der erste Kurzfilm (Flop),
mit zwanzig der erste Mic-Drop
it like it's hot,
nothing's gonna stop
me writing my own plot!

Sagt mir nun, wo sind die Unterschiede,
wenn nicht in der Welt strenger Schmiede?

Hier, nehmt meine Seele, mein Gold,
meine Stärken und Schwächen,
habt ihr's nicht so gewollt,
ungleich zu schaffen, wo's gleich sein sollt',
anstatt meiner zu sprechen,
was ich kann und darf und was nicht?
Müssen wir das Licht
für Gleichwertigkeit abdrehen,
um in Dunkelheit zu sehen
das Strahlen brennender Herzen?

Wenn das so ist, behaltet eure Kerzen,
gern weile ich im Schwarz jener Nacht,
fern bleibe ich Differenzen im Lichtschein,
den Grenzen, die ihr euch gemacht,
dem Sein und Nicht-Sein
dessen, wie ihr mich erdacht.

Zu sagen, dass der *Weg* jeweils gleich verliefe, wäre gelogen,
denn in Bild II hielt ich das Schwert erhoben
und musste täglich kämpfen für einen Platz in der Welt,
der mir im ersten Bild sichergestellt.
Ein anderer Startpunkt mit hundert Hindernissen,
viel mehr Einsatz mit gleichen Ergebnissen,
doch sind beide meiner Versionen dem Tode zum Trotz da,
mein Körper ist mein Memoire,
Geist und Seele mein Testament,
jeder Atemzug ein Fundament.

Nichts ist selbstverständlich,
alles nehmen wir als gegeben, ständig,
dass wir uns bewegen, großherzig, freihändig,
entscheidet manchmal nur ein Moment,
nämlich jener, in dem man erkennt,
dass das Wesen beider Bilder kongruent,
sich nur Rahmen und Welt
jeweils anders verhält.

Unsere perfektionistischen Normen
kann sowieso *niemand* einhalten.
Lasst uns als Gesellschaft neu formen,
am Grund der Dankbarkeit positionieren,
anstatt Einzelne abzuspalten
und arrogant zu delegieren
in eine Halle.

Ungleichheiten von heute auf morgen zu annullieren,
ist denkbar unmöglich,
doch lenkbar und nötig
wäre es, den Raum zu adjustieren,
passend für alle.
Das, was als Schatten verkannt,
hat stets am hellsten gebrannt,
die Blicke anderer stahlen die Sicht,
geblendet warst du vom eigenen Licht,
denn ich stand nie im Dunkeln.

Siehst du mich nicht in beiden Bildern funkeln?

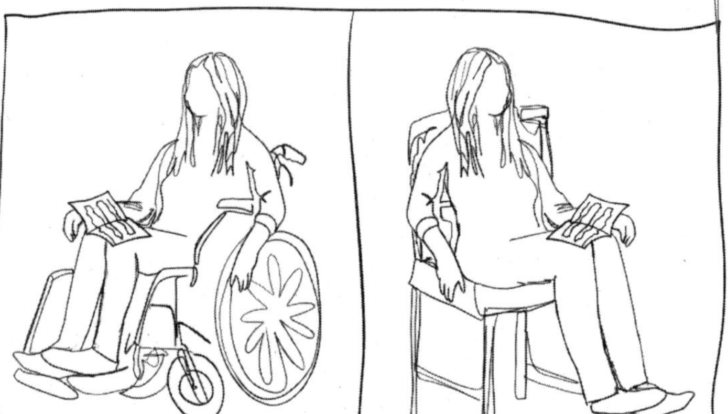

Gedanken vor dem ersten Kaffee

Zwischen gebogenen Filmstreifen, zersprungenen CDs, Drahtspiralen, an denen Muscheln hängen, mit kleinster Schrift vollgekritzelten Briefen und Karten, einem silbern-löchrigen Halbmond, kaputten Glühbirnen, Federn, Heißluftballonen und goldenen Pfeilen marschiert der schönste Elefant Europas durch die weiß-gelbliche Ewigkeit des Himmels. Manchmal funkeln die Sterne unter seinen Füßen, während sein Rüssel in die Richtung seiner Heimat weist. Das O ist ein Herz aus Steinen, darunter küssen wir uns, einen halben Meter dahinter knutschen Kunst und Kapitalismus. Anstatt Millionen von Euros würde ich immer den gratis Kuss wählen.

Auch wenn das Pärchen hinter uns, in goldenen Kleidern gewandet, in der ehrwürdigen Aufmerksamkeit aller Betrachter erstrahlt, so verbirgst du einen Klumpen Gold in deiner Brust, und im warmdunklen Universum der Decken spüre ich es leise schlagen, als ob sich Goldgräber in deinem Körper verirrten und ihre Hämmer und Pickel ihnen nun kompositorisch den Weg in Richtung Schatz freischaufeln. Ach, wenn sie wüssten, dass ich längst schon fündig wurde!

Inmitten von halbvoll geschriebenen Notiz- und Tagebüchern, aufgeschlagenen Romanen, mehrsprachigen Lyrikbänden und zerknitterten Essays sind wir aufgewacht und haben uns verschlafen angelächelt. Du griffst zum Notizblock und ich zu einem der Romane, du schliefst wieder ein und ich schrieb in mein Tagebuch, wie sehr ich diese Momente liebe, in denen ich mich im größten Glück der Welt bade, während du unwissend süß zwischen kaum hörbaren Atemzügen unverständliche Silben murmelst.

Schokoladengeruch schlüpft in die Nase, und innerhalb von Sekunden wird der kürzeste Krieg mit dem kaum wahrnehmbaren Salzgeschmack vergessener Tränen im Hals ausgetragen. Die Sonne hat plötzlich ihr Lächeln verloren, der Mond sein Gesicht. Ich versuche, das Leben zu fassen, doch es entrinnt mir, je mehr ich mich anstrenge. Deine Schlafmelodie verwenden meine Ohren als Meditationsmusik im Hintergrund von Gedankenstürmen, die sich auf einmal von allen Seiten auftürmen. Warum sind Sonntage immer so laut?

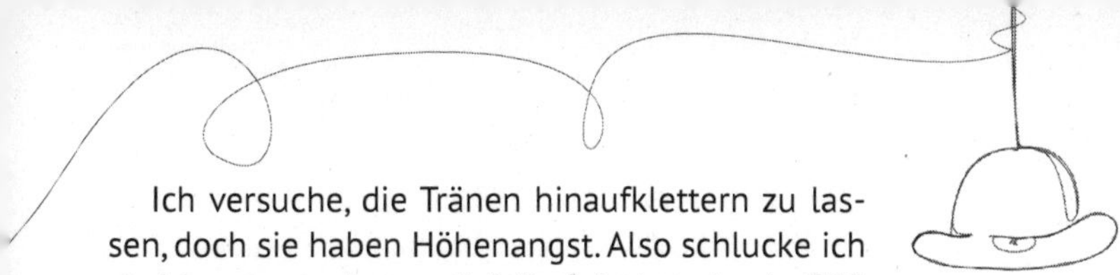

Ich versuche, die Tränen hinaufklettern zu lassen, doch sie haben Höhenangst. Also schlucke ich sie hinunter und atme tief die Schokolade ein. Süß ist mir ohnehin lieber als salzig.

Wo die Freiheit wohl lebt, frage ich mich. Und ob sie sich wohl gerne finden lässt. Vielleicht schläft sie ja gerade. Vielleicht ist sie aber auch auf der Flucht.

Schlaf kriecht sanft meinen Körper entlang und verharrt in den Venen. Das, was ich für aztekische Süße hielt, ist verebbt, Trauer und Müdigkeit klebt nun stattdessen an meiner Haut. Der Mann neben mir lässt mein Herz schneller schlagen, aber ich weiß gerade nicht, ob vor Freude oder Angst. Ich suche Antworten, aber kenne nicht mal die Fragen. Das Leben scheint mir manchmal viel zu farbintensiv und die Tage trotzdem zu grau. Meiner Seele wollen nie so wirklich die richtigen Worte entschlüpfen, geschweige denn Gefühle. Alles ist ein Knäuel von bunt zerrissenen Fäden, und dieser Sonntag hat sich ohne Vorwarnung darin verfangen. Meine Gedanken treiben wie Plastikmüll im Ozean, von verschiedensten Strömungen mitgerissen, in einem Strudel und bleiben stets bei dir haften. Ich will dich, neben mir süß unschuldig Schlafenden, küssen, wieder küssen, immer küssen, küssen, bis selbst Amor die Augen verdreht, denn du hast mir meine Augen verdreht, und dein Abbild leuchtet vor meinen Lidern, selbst wenn diese geschlossen sind wie jetzt.

In der Nacht schenkt uns ein Melonenhut Licht, geklaut von nichts Geringerem als einem Film über René Magritte, doch am Tag genügt das Fenster zur Sonne. Ich bemühe mich, es stets weit offen zu lassen – nicht nur damit sich Käferchen als Mitbewohner willkommen fühlen.

An der Kante von Seite und Oben schwirren irische Vögel Richtung London, doch schlussendlich stellt sich ihr Ziel als Kreislauf heraus, da sich die Zeiger immer weiterdrehen – weder linear noch kausal, sondern kontinuierlich wieder- und einholend geradeaus, bis wir anhalten, um die Ursache individuell zu begründen. Die Eindimensionalität der dünnen Konsistenz ihrer Flügel hebt das ihnen innewohnende geometrisch-chaotische Leben hervor. Genau zehn Zentimeter trennen die Wüste in Mexiko, deren Wind ein paar Sandkörner durchs halboffene Autofenster gegen mein Lächeln peitscht, und die Sandburg im Burgenland, an der Johanna und ich vor ungefähr zwanzig Jahren verträumt bauten. Dazwischen hocke ich in Prag mit einem Autostopp-Kartonschild, zerzaust, müde grinsend, im weinroten Pulli versunken. Und noch ein bisschen weiter rechts bist wieder du, wie du in den bunten Straßen Marokkos tanzt, während meine Kamera ein Stückchen Ewigkeit einzufangen versucht.

Doch wer braucht schon die Ewigkeit, wenn du gerade zum zweiten Mal heute Morgen aufgewacht bist und mich erneut verschlafen anlächelst?

Eheleben mit einem Bösewicht

Variante eins: Ich heirate Lord Voldemort.

Der erste Vorteil, der mir in den Sinn kommt, ist der Titel »Lord«. Wer würde denn nicht mit einem britischen Lord verheiratet sein wollen? Ich würde immerhin (oder hoffentlich) endlich mal als Lady angesprochen werden.

Außerdem kann Voldemort zaubern, ich müsste daher nie wieder das Licht abdrehen, wenn ich, bereits im Bett liegend, zu faul wäre, um aufzustehen. Andererseits würde ich mit Voldemort im Bett liegen. Vielleicht wäre es dann sowieso besser, das Licht einfach ausgeschaltet zu lassen, um nicht bei seinem Anblick zu erschrecken.

Allerdings ist mir in einer Beziehung besonders seelische Nähe sehr wichtig und wir wissen alle, dass Voldemort seine Seele bereits mit sechs anderen Personen – oder, äh … Lebewesen – teilt, und ich war noch nie so der polygame Typ.

Abgesehen davon scheint mir auch diese langjährige und geradezu obsessive Verbundenheit zu einem minderjährigen Jungen, sodass sie sogar gegenseitig die Gedanken voneinander lesen können, irgendwie seltsam und anstrengend.

Ich wäre einfach das achte Rad am Wagen. Oh, und meine Vorliebe für Nasenbussis würde in einer Ehe mit Lord Voldemort wohl sofort auf ihre Grenzen stoßen, ja, in dessen Angesicht augenblicklich traurig untergehen.

Also kommen wir zu Variante zwei: Ich heirate Gollum, oder, wie ich ihn liebevoll nenne, Smeagol.

Die Trauung findet in einer dunklen Höhle statt und ich kann mir beim besten Willen keinen anderen Mann vorstellen, der so glücklich über die Tatsache ist, dass ich ihm den Ehering auf seinen Ringfinger stecke. Nach gefühlten zehn Minuten des Herumtanzens und Jauchzens meines Gatten versucht er, mir nun meinen Ehering auf den Finger zu ziehen. Seine Hände zittern, seine Augen schwellen auf und im letzten Moment zieht er den Ring schnell wieder zurück. Wir probieren es erneut. Nach dem siebten missglückten Versuch reißt dem Pfarrer die Geduld und er hält Gollum fest, während mein Trauzeuge Legolas – der dieselbe Frisur trägt wie ich und wieder einmal schöner aussieht als ich (bei meiner eigenen Hochzeit!) und sogar Weiß trägt, obwohl ich ihm ausdrücklich gebeten habe, dies zu unterlassen, BITCH! – Gollums Hand nimmt und so gezwungenermaßen den Ring endlich auf meinen Finger steckt.

Wir fahren mit der Trauung fort, als ob nichts geschehen wäre, nur Gollums Augen wirken – vor lauter Rührung und Freude natürlich – sehr wässrig. Die anschließende Hochzeitstafel ist gedeckt mit allerlei Sorten wild zappelnder Fische, die selbstverständlich roh zu verspeisen sind.

Unser Eheleben selbst verläuft, abgesehen von den regelmäßigen Therapiesitzungen, um Gollums bipolare Identitätsstörung in den Griff zu kriegen, sehr harmonisch. Ich kann mir gar nicht vorstellen, dass irgendeine Ehefrau so oft mit »Mein Schatz« angesprochen wird wie ich. Glückliche.

Da ich mich eigentlich vegetarisch ernähre, überzeugt mich auch Ehemann Nummer zwei nicht so recht.

Also, hier Variante drei: Ich heirate Darth Vader, meinen zweiten dunklen Lord.

Das Erste, das mir *auf*fällt, ist natürlich sein ultracooler schwarzer Anzug. Das zweite, das mir *ein*fällt, ist die Tatsache, dass er ihn ja trägt, weil er keine Arme und Beine mehr hat. Aber naja, solange gewisse andere Körperteile nicht fehlen, steht einem glücklichen Zusammenleben eigentlich nichts im Wege, oder? Außerdem müsste ich mich gar nicht mal anstrengen im Bett, er würde ja sowieso immer stöhnen. Die Nachbarn würden sicherlich denken, dass wir das voll abgespacete Sexleben haben, doch vermutlich würde ich auch unter dezenten Schlafstörungen leiden. Letztens las ich sogar auf Jedipedia, dass Darth Vader selbst nie einschlafen kann, weil er so laut atmet.

Nun, kommen wir mal zu den Vorteilen einer Ehe mit Darth Vader. Unsere Kinder hätten sicherlich keinen Vater-Komplex, da mein Mann ihnen oft genug sagen würde, dass er ihr Vater sei. Und bevor er zu einem Cyborg wurde, mein Gott, was war er für ein süßer Schnuckel an Menschlichkeit, mein Anakin.

Es ist außerdem sowieso nur eine Frage der Zeit, bis wir übrigen Menschen schlussendlich auch alle zu Cyborgs mutieren bei der rasanten Entwicklung der Technik heutzutage. Also wäre mein Mann der Trendsetter schlechthin, ja, der neue Karl Lagerfeld der Bösewichte. Erste Collection: *I'm evil and I know it.*

Nun gut, alle drei Varianten in Betracht gezogen, fällt mir die Entscheidung doch schwerer, als ich ursprünglich dachte. Ich gehe gedanklich noch einmal die jeweiligen Pros und Contras meiner zukünftigen Ehemänner durch. Egal, für wen ich mich entscheide, der Vorteil, den alle drei *gemein* haben, ist die Tatsache, dass die Zeugen Jehovas wohl immer sofort verstummen, sobald wir dir Tür öffnen würden. Und wenn wir etwaige Rechnungen zu bezahlen hätten, würde mein Mann die Rechnungssteller selbst dafür zahlen lassen …

Ich finde irgendwie immer mehr Gefallen an der Idee, mit einem Bösewicht verheiratet zu sein, aber weder Voldemort, Gollum noch Darth Vader sprechen mich tatsächlich auf einer intimen seelischen Ebene an.

Gedankenversunken stoße ich auf einmal mit einem Passanten zusammen.

»Verzeihung«, murmele ich und der unbekannte Mann schenkt mir einen überraschten, etwas finsteren Blick, ehe sich seine Augen plötzlich funkelnd weiten.

»Kein Problem, Sie sehen ja zum Anbeißen süß aus«, erwidert er, während ich errötend entgegne: »Sie sind aber wirklich sehr direkt.«

Der Mann hüstelt verlegen. »Ja, das sagen sie alle … Verzeihen Sie, wenn ich gleich direkt weiterfrage, aber darf ich Sie denn zum Essen ausführen? Ich koche nämlich nicht nur sehr lecker, ich heiße sogar Lecker. Hannibal Lecker. Und ein Abend mit Ihnen wäre sicher der reinste Genuss.«

Gedenken an Mutter Erde und Kinder, die niemals werden

Gegrüßet seid ihr, Tiere ohne Gnaden,
der Mensch schlachte euch aus!
Ihr seid dutzendfach gebenedeit unter Supermarktwaren
und gebenedeit seien die An-Gebote eurer
antibiotikaverseuchten Körper,
zerstückelt, verpackt.
Heilige Massentierhaltung,
Tochter der Industriegesellschaft,
leide für uns Konsument:innen jetzt
und in der Stunde weggeworfenen Todes!

Wann, oh Welt, werden wir nachhause kehren,
willst du uns noch Heimat währen?
Wann entfernen wir die Stacheldrahtzäune,
die wir spannten um unsere Träume
von dir und deinen Möglichkeiten?

So reiten wir gen tödlich Zeiten,
»Progress und Umsatz« jener Schlachtruf,
uns Sklaven kommandiert der Machtfluch,
einem Schlafwandler gleich, blind
formen wir dich fantasierend,
frei nach Wollust inszenierend,
so, nicht so, sollst du mir sein,
so und so bin ich dein' Pein.

Gleichwie Prometheus aus Lehm erschuf
den Mensch', der nun folgt jenem Versuch,
dich anzupassen nach seinem Bilde,
toxisch bunt anzumalen deine Gefilde,
doch überpinseln können auch keine Farben,
was er dir zufügte an Wunden und Narben.

Schatzräuber stahlen dir Früchte und Fülle,
hinterließen eine brüchige Hülle,
an deinem Aas laben sich Kojoten,
verwandeln dein üppig' Reich zu dem der Toten.

Mutter, ich hör deinen Ruf, seh deine Zeichen,
die Schuld aller kann ich als Einzelne nicht begleichen,
drum lass ich's lieber gleich sein,
einfacher Reue im Nachhinein
anstatt jetzt Worte und Taten,
wie Judas werde ich dich küssend verraten.

Doch bis dahin jage ich unwissend Winde,
galoppiere mit Panzern auf Wellen,
stolziere auf Straßen im Weltraum,
okkupiere den Raum in der Welt.

Der herbstblättrige Baldachin sei fortan mein Dach,
Wald und Wiese mein königlich Gemach,
ein zartgrüner Grasteppich zu Füßen,
Honigtau soll mir die Früh versüßen.

Hör das Flüstern der Baumdichter,
rieche der Blütenknospen Charme,
sieh das Schillerspiel der Lichter,
das Spiegelmosaik im Ozean!

Lass mich einschlummern zu Meeresliedern,
bevor sie allemal versiegen,
lass mich einbetten in Wasserküsse,
die sich an Haut und Sehnsucht schmiegen!

Wohlig warm noch im Moment,
doch morgen schon brennt
Dorf, Stadt, Land, bald Kontinent.

Unendlich ist nicht mal die Galaxie,
wir leben in einer Welt aus Fantasie,
wenn wir denken, der Planet sei unerschöpflich.
Un-erschöpflich ist nur der Mensch,
da er sich selbst aus Nichts
nicht mehr dann schöpfen kann,
doch bleibt er sich seiner selbst nicht erschöpfend
im ewigen Kampf mit der Schöpfung
und seiner selbst.

Der Vorsprung weniger negiert
den Fortschritt aller,
Kapitalismus regiert,
getarnt als Materialismus,
Idealismus mutiert
zu Eigen-Rassismus,
und Egoismus delegiert
all jene Ismen dieser Welt,
durch die sich unsre Sicht verstellt.

Die Welt steht für sich selbst,
sie *braucht* uns nicht.
Sie braucht *uns* nicht.

Wir sind *ihr* Produkt, nicht umgekehrt,
die letzte Sekunde ihres Tages,
vielleicht verblutet sie an den Folgen dieser Menschgeburt,
vielleicht treibt sie uns ab,
vielleicht erzieht sie ihr störrischstes Kind doch noch,
vielleicht macht sie auch schlapp.

Also lasst uns gedenken Mutter Erde
oder vielmehr dem eitlen Erbe,
der ihr Haus verkommen ließ!

Lasst uns gedenken jener Zeiten,
in denen ja noch Zeit war,
bevor wir ließen sie entgleiten,
den Alltagsfluss entlang,
verprassend jeden Anfang,
verpassend jeden Ausgang!

Lasst uns gedenken jener Narren,
die leugnerisch verharren
in der ignorant getappten,
allmählich zugeschnappten Falle,
gleich einem Tier
in schmutzstarrendem Stalle,
das erfolglos folgenlos,
doch folglich nicht Gefolge-los,
scharenhaft vergeblich
zu verscharren versucht
seine verflucht schädlich
Hab-und-Gier!

Lasst uns gedenken jener Kinder,
deren Leben wir vermindern,
deren Leben wir verhindern,
die, die niemals
geboren werden sein,
die, die niemals
gesund geboren werden sein,
die, die niemals
in einer gesunden Welt geboren werden sein,
die, die niemals
gewesen werden,
die, die niemals
genesen werden,
die, die niemals
werden können,
die, die niemals
werden dürfen,
die, die niemals
die, ja, die
die, an die
niemals gedacht wird,
ja, die.

Gedenken wir ihrer!

Und nun sag mir,
ist dein Nicht-Verzichten,
sondern Jetzt-gleich-haben-Wollen wert,
dass Wasserfluten Dörfer überschwemmen,
tausende Hektar Wald brennen,
hunderte Tierarten aussterben,
und die letzten Reserven auf Erden aufgebraucht werden?
Sind Ignoranz, Egoismus und Bequemlichkeit
deine Gesundheit, Sicherheit und Zukunft wert?
Dein Leben?
Das Leben anderer?

Ach, weißt du was, sag es mir nicht!
Sag es lieber den maskentragenden Kindern,
dass es all das schon wert war!

klick klick

ein älterer mann auf einer bank,
eine bank mitten am strand,
ringsum nur sand.
eine s(tr)andbank und ein alter mann darauf,
der ein bisschen in einsamkeit verloren wirkt.
sehr ästhetisch: der kopf nach vorne, richtung meer.
wenig energetisch, trotzdem insgesamt poetisch:
der blick nach unten.
und ich
KLICK
KLICK KLICK

ein pärchen, hand in hand,
entlang an der kante von wasser und erde,
und damit ihre verliebtheit gesättigt werde
machen sie alle paar meter am strand einen zwischenstopp,
ein kuss,
ein zweiter, ein dritter
und dann wieder
flip flop flip flop der flipflops,
ein kuss,
ein zweiter, ein dritter,
flip flop flip flop der flipflops,
ein kuss,
ein zweiter, ein dritter,
flip flop flip –
KLICK KLICK
KLICK

ein mann, mindestens fünfunddreißig,
an seiner hand ein mädchen,
vielleicht zehn, elf oder auch zwölf,
verheiratet.
indien, natürlich,
an der grenze zu pakistan,
eine kleine pilgerstadt, ajmer.
der blick des mädchens: leer.
die augen des mannes wie ein gewehr,
das ihr täglich die luft zum atmen stiehlt
und nächtlich auf ihren schmalen körper zielt:
KLICK KLICK
KLICK

georgien,
ein überfüllter, nach fisch stinkender marktplatz in der glühenden mittagshitze.
eine babuschka hinter ihrem voll beladenen gemüsestand.

sie sitzt, sie schwitzt, sie strickt,
sie schreit, verkauft, verhandelt,
alles gleichzeitig.
ich will
klick
aber sie sagt:
»Девушка иди сюда!
Чего ты хочешь? картошка? помидоры? яблоки? шоколад?«

und ich:

und sie:

und ich:

KLICK KLICK
KLICK

ein kleines affenbaby mit seiner affenmama,
einfach weil sie so süß aussehen
KLICK

pfui teifl, woa des grindig, owa kathi, kathi, mogst ned
schnö a foto mochn, dass ma donn dem pauli in wean zeign
kunna, dass ma da tintnfisch gessn hom? dea glaubt uns
des ja sonst neama. tintenfisch, oida, vui oarg, oda?
KLICK

oh, dieser palast
KLICK
oh, diese abgefuckt aussehende bushaltestelle
KLICK

und oh, dieser straßenhund, so abgemagert, nein, ich hab
leider nichts zum essen da, tut mir leid, aber schau mal her,
hundi, schau mal in die kamera, ja, ja, genau
KLICK KLICK
KLICK

ein tibetanischer mönch, betend, im tempel,
in einem intimen gedankengespräch konzentriert,
in besinnung einbalsamiert,
gefühle zu körpergestiken abstrahiert,
in verbindung zu gott,
der in ihm existiert,
abgeschottet von dem, was außerhalb so geschieht,
und lisa neben mir so:
»boah, die haben ja wirklich alle ne glatze rasiert!«
KLICK KLICK KLICK

die eistüte mit den drei kugeln eis und den vier
haselnüssen, von denen dann eine hinunterfällt, eine taube
sofort danach pickt
und daraufhin fast
erstickt
KLICK

»kathi, mach mal ein foto von mir! da, wie ich so in der tür stehe. aber mach es mehr so, mehr so von oben, damit ich nicht so fett aussehe!«
KLICK KLICK KLICK

ein bettler auf der straße.
seine knochen zeichnen sich unter der dünnen, bräunlichen haut ab,
er sitzt in der ecke am boden auf einem lumpen zeitungspapier,
als wäre das hier sein tägliches revier,
als würde er immer hier sitzen und niemals hier leben,
niemand ihm jemals auf augenhöhe begegnen,
und alles, was ist und jemals sein wird, hat er
schon längst aufgegeben ...

und ich blicke ihn an
und er blickt nun auf
und im
augen
blick
treffen wir uns
und meine beine zittern
und er hat keine beine
und meine hände verkrampfen
und seine liegen offen am boden
und mein herz schlägt laut und schnell
und seines wird sowieso nie erhört
und er blickt nun weg
und ich blicke schnell weg
und blicke zu ihm
und blicke schnell weg
und ich schäme mich

und er blickt zu der kameratasche an meiner seite
und ich blicke zu der kameratasche an meiner seite
und greife zu der handtasche an meiner anderen seite
und er lächelt
und ich lächle
und laufe rot an,
während ich nach geldmünzen krame.
und als ich ihm welche in die hand lege,
macht lisa neben mir:
KLICK
KLICK
KLICK

und ich will in der zeit rückwärts reisen,
nicht die existenz des moments,
sondern die präsenz meiner selbst beweisen,
will zu dem mann auf der s(tr)andbank
und mich zu ihm setzen,
den geschichten seiner letzten jahre lauschen,
einsamkeit gegen freundschaft tauschen,
will dieser frau auf dem markt ihre äpfel abkaufen,
den mönch fragen,
ob er gott mit »vater« oder »schöpfer« anspricht,
aber all jene momente
sind jetzt nur mehr
in diesem gedicht
und auf fotopapier
abgedruckt,
an der wand
klebend,
lediglich für den moment im vielleicht,
im moment der vergangenen möglichkeit
lebend.

und der anblick
der neben den postkarten
festgenagelten,
für die ewigkeit
erstarrten
KLICK KLICK KLICK
erinnert nur mehr vage
an den augenblick.

dessen, was war
und niemals
gewesen.

Echo

Zwischen Wiesen, Wäldern, Seen und Sümpfen
zirkulierten zirpende Zikaden
zu den Tänzen jener Nymphen,
die da hießen Oreaden.
In Grotten hoch auf den Bergen
ließen sie sich umwerben
als schönste Wesen auf Erden.

Doch einst beim Liebesspiel
war des Frauen-Verehrer
Zeus' Gemahlin Hera
in der Nähe spazieren.
Um zu kaschieren des Gottes Betrug,
lief eine Nymphe herbei wie im Flug:
Die wortgewandteste, rede-entbrannteste,
schelmisch charmanteste, bald bekannteste,
Kiefer klappernd, rasch plaudernd,
Sätze plappernd verzaubernd,
sodass Hera, zugetan zaudernd,
ihr lippengebannt lauschte,
während Zeus davon bauschte.

Doch mitten im Satz, erkennend die List,
rief Hera: »Nymphe, dies bedeutet Zwist!
Meine Ehe war und ist
endlose Fehde,
doch verflucht bist
du mit deinem Gerede,
das versteckte in Debatten
die Vergehen meines Gatten.
Du konntest wohl nicht schweigen,
also werd ich dir das einverleiben!

Worte, nicht die deinen, bloß gestohlen,
deine Zunge darf nur wiederholen
eines Satzes letzte Teile,
damit das Ende jeder Zeile
deiner Stimme gehöre – doch nicht dir,
du eher gleichest einem Tier
ohne sprachlich-subjektiven Ausdruck von Existenz.
Präsens zeuge nicht deiner Präsenz,
Perfekt deine Abstinenz,
im Imperfekt bleibst du der Intellekt vom Gegenüber,
gar der Dümmste scheint dann klüger,
wenn du nur repetierst, was einer spricht.
Denn dies sei nun deine Pflicht,
so *mein* Versprechen,
wird dein Verbrechen
zur Wiederholungsstruktur,
auf ewig nicht selig,
gleich einer Tortur
wird entsprechen
dein stummes Futur!«

gab die Nymphe zurück und entfloh,
Sprache selbst ihr Status Quo.

Unfähig, sich dem zu entziehen,
was ihr Ohr vernahm,
blieb ihr nur übrig, zu fliehen,
wohin sie auch kam.
Weil niemand gerne das hört,
was man grade gesagt,
ward sie verstoßen, verjagt,
da es Kommunikation zerstört,
wenn jemand ungefragt
Unterhaltung verzerrt, parodiert,
anstatt sinngemäß korrespondiert.

Ihr Schicksal in jedermanns Munde
zerstreute sich die triste Kunde,
bald kein Geheimnis,
ihre Redefluch-Eigenheit,
lief sie zu Narziss,
dem Geliebten in Eitelkeit,
der treu stets stand zur Seite
und nun rief aus der Weite:
»Ist jemand da?«

da

antwortete sie, doch blieb versteckt,
von Ästen bedeckt.

So war niemand zu sehen,
also blieb zu verstehen:
»Warum fliehst du mich?«

warumfliehstdumich

Etwas erbost verwirrt,
rief Narziss doch unbeirrt:

»Warum willst du nicht aus dem Dickicht erscheinen?

einen

So treffen wir uns!«

wiruns

Die Nymphe entzückt,
die Rede geglückt,
erstmals ausgedrückt,
was sie auch sagen wollte,
da sie meist Leute vergrollte.

Neuen Mutes trat sie hervor,
hob die Hände empor,
um ihren Liebsten zu umarmen,
zu empfangen sein Erbarmen,
lautlos flüsternd nachzuahmen
Lippenform von Narziss' Namen.

Doch redlich vergeblich,
sie, des Gesprächs unfähig,
er, sodann überheblich:
»Verschwinde! Ich will

ichwill

eher den Tod als dich lieben!«

dichlieben

echote sie, wünschend, sie hätte geschwiegen.

Narziss, süchtig, sein Bildnis
zu erkunden,
Nymphe, flüchtig in Wildnis
gar gebunden,
konsequent inkompetent
zu schweigen,
konsistent im Redezwang
den Ausdrucksdrang
nur zu zeigen
mit Mimik und Gestik,
doch repetierende Akustik
sinnloser Mündlichkeit
nahm ihr die Mündigkeit,
die autonom Meinung schafft,
stahl die Glaubwürdigkeit
wirksamer Mitteilungskraft.

Also verscheuchte man sie
und erleuchtete nie
ihre Intention
hinter Blicken, Gebärden,
beschränkte sie
auf Sprach-Imitation
von Nomen und Verben.

Indem sie wiederholt,
wurde sie überholt
von der eigenen Reputation
der uneigenen Artikulation.

Ihr eilte der Ruf voraus,
der, dem Tode gleich,
hat einverleibt,
dass sie bloß schweigt,
Selbstausdruck weicht
trotz Redemechanik,
da Zeuge des Geistes nur ward die Organik
ihres Körpers, der luftleicht
allmählich erbleicht,
in Erde erweicht
zur Botanik.

Gedanken und Meinung verschwiegen,
das Ich und die Seele verblieben,
denn nur Ausdruck unsrer Lebensart
belegt die Geistesgegenwart.
Wenn man Bergspitzen erklimmt,
zum Reden anstimmt,
die Hände formt rund,
führend zum Mund,
tief einholend Luft,
ob Gipfel, ob Schlucht,
doch stets sofort
erhält Antwort
im Vorgang
vom Nachklang,
tragend den Namen
jener Unschweigsamen,
die nur sprach im Danach
durch der Anderen Münder.

So sind wir die Verkünder
ihres Lebens durch des Redens
Akt, da die Nymphe, gefangen im Sprachverlies,
Silbengrenzgebiet, diese Welt nie verließ,
dort wohnt, wo das Wort seiner selbst begegnet,
fortlebt, wenn unser Mund den Weg ihr ebnet,
nur wenn wir ihr zurufen dies,
verrät sie uns so,
wie sie hieß:
Echo.

Wir waren wie Zugvögel

Erinnerst du dich an die Strahlen?
Die Strahlen der Abendsonne,
die deinen Lippen ein Lächeln stahlen,
deine Wangen zu bemalen pflegten,
sich in deinen Augen bewegten,
über dein ganzes Gesicht legten,
bis du selbst einfach strahltest,
zu einer Sonne wurdest.
Meiner Sonne.

Du warst der Mann am Klavier,
hast bis tief in die Nacht am Papier
Gedichte und Lieder geschrieben,
bist den Worten stets treu geblieben,
manchmal dachte ich,
du würdest Kunst sogar mehr lieben
als mich.

Wir waren wie Zugvögel,
Zugvögel am Sternenhimmel,
die dem Gewimmel
der wüsten Welt entkommen wollten,
dies aber nicht sollten.

Wir waren wie Zugvögel,
die, des Reisens müde, sich fanden,
sich gemeinsam der Vernunft entwanden,
ihre eigene Zeit erfanden
in ihrem eigenen Himmel.
Zugvögel, die wussten,
dass sie weiterfliegen mussten.
Doch wir ignorierten es,
kapitulierten angesichts der Verliebtheit,
multiplizierten unsere Innigkeit,
konstruierten eine eigene Unendlichkeit
und garantierten uns die Ewigkeit.
Wir tranken von dem Lachen des anderen,
versanken in den Augen des anderen,
es gab einfach niemand Passenderen.

Wir waren wie Sonne und Mond,
dein Leuchten hat meine Seele bewohnt,
deine Worte meine Ohren,
deine Lippen die meinen,
dein Weinen mein Weinen.
Ein Mond kann nicht scheinen
ohne seine Sonne,
und du warst meine Sonne,
eine Wonne von Licht,
die mich erst verwirklicht
und dennoch unerreicht bleibt,
sich keiner Pflicht verschreibt,
denn was dich vorantreibt
ist Freiheit
von Kunst,
nach Leben,
nicht zuletzt auch das Streben
nach Gunst
anderer Zugvögel.

Denn so, wie wir Sonne und Mond sind,
bleiben wir immer noch Zugvögel,
reisen wir gleichgesinnt
mit dem Wind,
da entrinnt
Luft meinen Flügeln,
ich beginne, zu fallen,
befürchte, hart aufzuprallen.

So sing mir ein letztes Lied,
lies mir vor, was du schriebst,
ich will deiner Stimme noch einmal erliegen,
in Worten und Armen warm und wohl wiegen,
doch falle
ich
kralle mich
an dir fest,
du rüttelst mein Federgeäst,
schüttelst mich weg,
fliegst weiter Nordwest,
und ich muss Südwest.

Perlen von süßem Tränensalz
rinnen hinab meinen Federhals,
verkleben meinen Flügelumhang
aus weichbraunem Flaumbehang.

Mein Liebster, was hast du mir angetan,
dein Charme entblößt meine Scham,
ich versuche, zu flattern, zu flattern,
ich höre den Wind vorbeirattern,
sehe den trockenen Grund auf Erden,
meine Flügel, sie sterben,
sie werden vollkommen taub,
ich lande erschöpft im blassbunten Laub,
es fängt mich zum Glück halbwegs auf.

Ich bin nun ein Vogel ohne Flügel,
verprügelt zu einem Krüppel am Boden,
fußgebunden auf Hügeln
will ich auf den höchsten Kogel
hinauf ins goldlindernde Licht,
hier unten versperren Büsche jegliche Sicht.

Ich beginne, zu laufen,
muss aber bald verschnaufen,
noch bin ich zu müde, zu schwach,
brauch Ruhe für Kraft.

Doch kurz danach
hab ich mich erneut
kühn aufgerafft,
und merke erfreut,
dass ich schon schneller laufen kann,
bevor ich stolpernd lande im Schlamm.
Meine Flügel werden sowieso nachwachsen, sage ich mir,
und dann bin ich wieder ein Zugvogeltier.

So bastle ich mir neue Schwingen,
hebe Laub vom Boden auf,
um es zuhauf zusammen
zu bündeln und binden,
wie blättrige Herbstflammen,
die meinen Körper umringen,
erfinde
ich meine Flügelfreiheit,
empfinde
ein Stückchen Glückseligkeit.

Ohne viel Federlesen
probiere ich meine Blätterprothesen,
ich nehme Anlauf und Mut,
Adrenalin schon im Blut,
diesmal mach ich nicht schlapp,
und siehe da, meine Füße heben ab,
sie schweben in der Luft
und ich rieche den Duft
von Unabhängigkeit im Westen, im Süden,
niemals werde ich ermüden,
Winde zu spüren, die an Federhaut zerren,
dem Begehren, heimzukehren,
kann ich mich nicht verwehren,
ebenso wenig erklären,
wie ich mit Laubflanken fliege,
mit Gedanken der Logik obsiege.

Verliebt in das Paradoxon von Ungebundenheit
und gleichzeitiger Verbundenheit
mit leichtluftigem Leben,
dem vielleicht nicht *in,* aber *durch* Wolken Schweben.
Ich bin nun ein Vogel mit Blätterflügeln,
ein Ikarus, der nicht blind zu seiner Sonne fliegt,
sondern in die Richtung der Wahrheit biegt.

Denn manchmal brennt die Hitze zu stark
und das, was man mag, führt zum eigenen Verrat.
Manchmal versengt man sich die Flügel
und muss erst erneut fliegen lernen,
sich von dem entfernen,
das einen foltert und zähmt,
dem, wonach man sich zu sehr sehnt.
Manchmal muss man am Horizont anzünden
die eigene Laterne,
sich ringsum orientieren am Leuchten der Sterne,
um in deren Erfüllung zu münden.
Manchmal muss man sich selbst wieder ins Licht erheben,
statt bloß auf gut Glück von den Strahlen anderer zu leben.
Manchmal braucht es Zeit bis Flügel nachwachsen
und bis dahin kann man sich eigene basteln.
Ich bin noch immer ein Zugvogel,
aber ich habe mein Zuhause im Himmel,
ich sause durch das Wolkengewimmel,
brause durch die Ferne
und erinnere mich nun gerne.

Dies' Tanz der Distanz

412 Stunden in der Zukunft entfernt,
73 Stunden zur Vergangenheit und schon verlernt,
wie sich Gemeinschaft anfühlt abseits deiner Gegenwart,
Zweisamkeit einsam mir entgegenstarrt
in dünnen Fotos unserer lächelnden Küsse.
Deine Blicke verirren sich
in Endlosschleifen meiner Erinnerung,
die in Kroatien gekritzelten Worte schenken
tröpfchenweise Linderung,
als ich sie diese Woche
zum siebenundzwanzigsten Mal lese,
doch es ist erst Mittwoch.

Und ich lese und lese in Zeilen von Zeiten,
in denen wir Tränen teilten in Wüstengebieten,
zählten auf Dächern bunter Städte die Satelliten,
verlachten Minuten beim ewigen Warten
auf Züge, Busse, Flugzeuge und Autos,
die wir nie selbst fuhren.
Im Countdown der Uhren
bleibst du, wo du bist,
aber bist dort, wo du nie bleibst.

So tanzen wir unseren Tanz,
dies' Tanz der Distanz,
von Wien nach Turin,
ein, zwei, drei Mal Berlin,
von einem Brief zu zwei Dutzend WhatsApp-Nachrichten,
von der rauschenden Leitung
unterbrochen
deine Stimme,
mein Ohr
oder umgekehrt.

Von Tränen zu noch mehr,
vom Sehnen nach Meer,
Wien, Turin und wieder Wien.
Immer wieder, immer wilder zu Liedern
tanzen wir dies' Tanz der Distanz,
auf dass sie sich endlich verringert,
das Wissen im Herzen zum Gefühl im Kopf pilgert.

Zwischen Knochen und Haut,
hinter der Stirn, im Hals, viel zu laut,
dröhnt das Echo gedanklicher Dissonanz,
doch ich höre nicht hin und nicht auf,
weiterzugehen,
Weite zu sehen
in der Distanz,
ihre eigene Resonanz
vollendet im Tanz
entgegen jeglicher Diskrepanz
in mir,
gegen mich,
mit mir
nur für dich.

Ich will dir versprechen,
ich liebe dich nicht trotz deiner Schwächen,
sondern genau deswegen,
ich liebe jeden
deiner den Morgen säumenden Seufzer,
weil das auch Atem und Leben bedeutet,
ich liebe deine langsame Entscheidungskraft,
so wird Geduld noch meine Eigenschaft.
Deine Konflikt-Vermeidungs-Leidenschaft
straft mich nur mit Frieden,
lässt mich Momente reflektieren,
in denen Angst-Projektionen erwachen,
Zukunfts-Imaginationen entfachen,
die Realität von mir subtrahieren,
als Satz-Konstellationen aus meinem Munde
deine Ohren irritieren.

Doch bringst du der Liebe Kunde
durch deine nonverbale Reaktion,
die meine orale Angriffsmunition
mutiert zu einem von tausenden,
in meinen täglich Fehlern hausenden
»Es tut mir leid, bitte verzeih«.

Und ich lese und lese in Zeilen von Zeiten,
in denen die Wellen des Mittelmeers uns jähe
verschanzten,
als wir in der Weihnachtsnacht Nähe tanzten,
von Sternen umschwärmt,
die Erde entfernt.
Vom Körper entkernt,
mein Herz in Turin,
der Rest in Wien,
kläglich versuchend, Abstand zu negieren,
den Beginn von 998 Kilometern zu überrunden.

Am jeweiligen Ende von viel zu langen Stunden
erstarren unsere Körper im Tanz,
verharren plötzlich Bewegungen,
die im Gesicht lächelnden Regungen,
weil deine Hand an meiner Hüfte fehlt,
der Zeiger im Kopf die Gründe nicht zählt,
weshalb Beziehung so schwierig
und Liebe so einfach ist.
Das Herz kennt keinen Zwist,
nur der Kopf und dessen Flüche,
Liebe leidet nie zu zweit,
Leid liebt bloße Einsamkeit,
gleichwie Marmor besitzt Brüche,
braucht auch Amor seine Psyche.

Wenn du in Turin, ich in Wien,
gemeinsam fast überall,
einsam im Überschwall,
Salz und Endorphine fechten,
tanzen du und ich
von der linken Bettkante zur rechten,
vom ersten Sonnenblinzeln
zur Mitternachtspizza am Strand,
vom letzten Kuss des Tages, sommerverbrannt,
zu Umarmungen in zittrigen Zelten und Zügen.
Neben dir will ich aufwachen, niemals ermüden
jeden Morgen das schönste Morgen der Welt zu erleben,
wenn du nackt liegst,
das Laken dazwischen, und ich daneben.

Das hier sind nur Zeichen,
lose aneinandergereiht,
die als Wörter nicht reichen,
gib mir noch Zeit,
ein bisschen Geduld.

Deine Unschuld in meinem Tumult
offenbart unsere jeweiligen Löcher
in des Anderen Dichte,
also nehm ich den Köcher
und richte
den Pfeil zuversichtlich
in die zudringliche Zukunft,
sodass ersichtlich
die eindringliche Wiederkunft
des Einen Schwächen
in des Anderen Stärken,
miteinander gemessen,
wir uns jeweils verbessern,
der Pfeil zur Brücke wird über tiefen Gewässern.

Ziele bleiben trotz Ferne erkennbar,
und Nähe durchaus auch trennbar,
doch solange wir lieben, zu lieben,
können wir jegliche Grenzen obsiegen.

Diese verrückt brennenden Zeilen
hindurch alle Buchstabenzeiten
zeugen von Nähe, die nicht distanziert
wird durch Gedankenabstrakte,
viel eher Distanz negiert
durch dies' Tanz im Takte.
Unentwegt, stets bewegt
tauschen
wir Distanz gegen Nähe,
berauschen
uns der Nähe in dies' Tanz,
bis Nächte zu den hellsten Tagen werden,
wir die Zeit in Betten beherbergen,
zwischen und in
Augen
Blicken
durch die Lücken der Ewigkeit fallen,
um am Ende der Unendlichkeit aufzuwachen,
aufzulachen,
weil es uns gibt.

Und was in dieser ganzen verdammten Welt soll mehr wert sein als das?

Don’t cross the border

Grauer Asphalt, weich unter meinen Füßen,
Wolken als stärkste Basis meines Seins,
die Löcher ihrer Strukturdichte begrüßen
die Härte meines Gedankengesteins.
Meine Hände greifen nach Beton, die Zehen in der Luft,
voneinander abdriftend die Wände einer Kluft
zwischen schwarz und weiß.
Wie ein überbelichtetes Positiv
oder ein unterbelichtetes Negativ
von einem Spiegellabyrinth
aus durchsichtigem Hyazinth
blendet manchmal das Leben.

This line is the border. Don’t cross the border. Don’t cross the border!

Zwischen loser Scherben Sinnlosigkeit,
schreiender Stimmenchor Tonlosigkeit
balancierend,
Ängste absorbierend,
Herzfrequenz ≥ Tod,
jetzt der Atem, dann die Not.

Unsichtbar dazwischen: Gedankenmaterie,
das Seil unter den Füßen, die Linie meiner Arterie.

Links die Sonne, wärmend hell,
all das Dunkle nicht mehr essenziell.
Existenz von Grau eliminiert,
Passivität nun aktiviert,
manifest, ja, unlöschbar feurige Sonne,
strahlendes Licht durch die Wolkenkolonne,
die sonst greifbare Grenze in naher Ferne,
fern, doch fassbar, unfassbar nahe Sterne.

Rechts das Fundament von Leid, gar absolut,
die Konsistenz davon zu resolut,
um aus einer Betonzelle ein Sandschloss zu formen.
Emotionale Instabilität und paranoide Labilität als Normen,
Vergangenheit wird gegenwärtig,
Selbstwert maximal minderwertig.
Vage Erinnerungsfetzen
hetzen durch die Kolonien meiner Gedanken,
vernetzen irrationale Fantasien
mit herkömmlichen Situationen,
erkranken an der Angst selbstkreierter Visionen,
die abprallen an den Flanken
meines Gehirns, um entlang neuronaler Relationen
zu etablieren neue Konstellationen
emotionaler Imaginationen
mit surrealen Möglichkeitsprojektionen.

This line is the border. Don't cross the border. Don't cross the border!

Du hältst mir deine Hand entgegen,
während am Boden mein Ich neben
mir selbst liegen bleibt.
Statt deiner ausgestreckten Hilfe sehe ich ein Schwert,
das mir den Übergang verwehrt.

Du sagst, ich hätte mich selbst eingesperrt,
betrachte alles stets verkehrt
und sei doch viel mehr wert
als das, was ich mir gebe.
Die Gerade verwandelt sich in einen Kreis,
Schwarz verdunkelt alles Weiß,
ein durchsichtiges Gefängnis
inmitten des Chaos' einfärbiger Bedrängnis.

Und ich falle, falle, falle durchs Universum,
wache am Ende der Welt wieder auf,
nur um erneut bald wieder einzuschlafen,
bitte, bitte, lass mich doch endlich schlafen!
Ich bin müde.
Ich bin müde.
Ich bin der Regen
in deinem Frühling,
die Wellen, die sich selbst ertränken,
während du stur versuchst, hindurchzulenken.
Du scheinst wie mein Plastikrettungsring,
dessen Luft langsam entweicht,
ich bin die Stille, die niemals schweigt,
das nach deinem lauten *Ja*,
leise hinzugefügte *Vielleicht*.

This line is the border. Don't cross the border. Don't cross the border.

This border is my cross.

Ich will nicht, dass du meinetwegen leidest,
dich ebenso entzweischneidest,
wie ich bereits gespalten wurde.
Also bleib in deiner Zone, aber bleibe.

Auf jeden Sturm folgt eine Ruhe,
auf jeden Schmerz auch eine Freude,
also sei du das Gebäude,
das ich nach einer Weile wieder vorsichtig betrete.
Meine mehrschichtig eingepackten Pakete,
meine Wunden und auch Narben
kann nur ich alleine tragen,
damit werden Schwarz und Weiß begraben.
Grau nimmt seinen Lauf,
wo das Sein den Heilungsweg beginnt,
und den will ich gehen und pass schon auf,
dass mir im Tränenkrampf-Gedankenkampf
die Hoffnung nicht entrinnt.

Und wenn doch,
dann nimm deine Hand,
fang sie auf
und halt sie fest.

Wenn wir uns dann beide die Hände reichen,
deine Lippen über Buchstabenkonstellationen streichen,
die ich wieder mal nicht glauben kann,
wieder nicht vertrauen kann,
aber du bei mir bleibst,
wenn ich falle,
du auf mich wartest,
weiterhin ruhig neben mir atmest,
während ich versuche, es dir gleichzutun,
dann weiß ich, dass jeder Kampf sich lohnt,
denn Liebe ist das größte Testament,
das dem Leben innewohnt.

Die Wahrheit dessen offenbart sich im Moment,
in dem sich unsere Hände berühren,
und Worte, die ich längst schon in mir spürte,
bloß Furcht deren Flucht im Halse verschnürte,
öffnen nun meine Lippentüren:
Danke, dass du bei mir bist.

Because this line may be the border
and this border may be my cross,
but I can and will cross the border,
and with each time the border will be overcome,
crossing it becomes easier.
Because in the end
each border
is just
a simply
drawn
line.

Apfel oder Schokolade

Apfel oder Schokolade.
Apfel oder Schokolade.
Apfel.

Eineinhalb Stunden, dreimal Hingreifen, zweimal
Zurücklegen, sieben Magenknurren, tausendfach
Gedankensurren später, Schokolade.

Apfel oder Schokolade.
Apfel oder Schokolade.
Apfel. Apfel.
Keine Schokolade. Keine Schokolade.

Ich muss abnehmen. Abnehmen. Abnehmen.
Mein Mantra vorm Altar der Knochensichtbarkeit,
beim Gebet erbricht man Brot und Wein.
Das Blute Jesu in der Kloschüssel,
meines bleibt diesen Monat wieder aus.
Aber ich wiege immer noch zu viel,
nein, ich wiege immer zu viel.
Ich dreh mich wie ein Kreisel,
wie ein kreisrunder Kreisel im Kreise rundherum.
Bis mir noch schwindeliger wird als sonst sogar.

Ich falle nieder und steh auf, falle nieder und steh auf,
falle nieder, greif zum Apfel und steh auf.
Du fragst mich, wie ich es denn geschafft habe.
Wie ich es geschafft habe?
Kampf, meine Liebe, Kampf,
man zieht gegen sich selbst in den Krieg,
fällt jeden Tag mit einem Lächeln,
Verlust bedeutet Gewinn.

Ich greif zu meinem Apfel, du zu dem Vanillekrapfen.

Meine Fingerknöchel knacksen, alles, alles, nur nicht der süßliche Duft, deine weiß-zuckrigen Lippen, das kaum hörbare Knirschen beim Zusammenprall der Ober- und Unterzähne, als deine Zunge wie eine Welle das Stückchen flaumigen Teig in die Hölle gefangenen Geschmacks zieht.

Vanille ist meine Kindheitsliebe.
Fingernägel kratzen die glänzende Apfelhaut,
bevor Zähne sie zerreißen,
ich muss um mein Leben beißen,
für mein Leben beißen,
für ein schönes Leben,
schön, schön, schön ist alles,
und nichts ist, was bleibt.
Du bietest mir Schokolade an.
Milka. Die neue Sorte.
Ich hab die Werbung neulich abgeschaltet,
als mein Bauch zeitgleich gedröhnt hat.
Apfelsäure brennt im leeren Magen,
der Erfolg von Verbot,
täglich Sold meiner Not,
ja, Gold für den Tod.

Mit dem Hunger kommt die Schönheit,
mit Magenknurren und Kreislaufschwäche
bin ich Königin des Schulhof-Laufstegs.
Vorm Einschlafen denke ich an den Vanillekrapfen.
Ich träume davon ein Kreisel zu sein.
Ein kreisrunder Kreisel,
der sich im Kreise rundherum dreht.
Als ich aufwache, ist mir schwindelig.

Auf einem Tablett neben meinem Bett steht ein frisches, vermutlich noch bisschen warmes Croissant und eine Tasse Kakao mit echter zart geschmolzener Schokolade drinnen und Mini-Marshmallows obenauf, die mit einer hauchdünnen Staubschicht Zimt bedeckt sind.

Meine Tante, die mit leicht zitternden Händen das Tablett hält, schenkt mir ein vorsichtiges Lächeln, als ich instinktiv den Kopf schüttele.

Ich will weinen, schreien, kotzen,
ich will diesen verdammten Kakao trinken,
dieses Croissant in mich stopfen,
weinen, schreien, kotzen,
meinen Kopf gegen die Wand schmettern,
ich will diesen Kakao mit der echten Schokolade und den verdammten Marshmallows über mich schütten,
weinen, schreien, kotzen,
mein Gesicht in eine Schüssel sich nicht vermischender Mischung süßsalziger Kakao-Tränen-Marshmallows tunken,
aber essen fühlt sich wie Aufgeben an.

Wie so oft liest sie meine Gedanken und sagt,
dass es kein Aufgeben wäre,
wenn ich mich zu Übergeben aufhören würde.

Dass ich meine Hobbys Lesen, Backen und Spazieren
mit In-Ohnmacht-Fallen und Diäten-Ausprobieren
getauscht hätte,
dass eine Barbie auch nicht mehr schön ist,
wenn sie nur mehr auf allen Vieren kriecht,
dass es kein Perfekt gibt,
weil Schönheit in der Imperfektion liegt.

Sie hält mir die heiße Schokolade entgegen, stellt die Tasse ab, berührt unsicher meinen Arm, lässt ihn los, setzt zum Reden an, schweigt, geht aus dem Zimmer.

Zwanzig Minuten später schwimmen Marshmallows in einer milchig braunen Suppe im Klo wie unförmige Sternenklümpchen in einer halbdunklen Nacht eines hässlich eingefärbten Van Gogh Gemäldes.

In der Mittagspause setzt du dich wieder zu mir
und meinem Apfel.
Du kramst in deinem Beutel und ziehst einen Apfel hervor.
Du beißt hinein, und während du kaust,
lässt du mich nicht aus den Augen.
Ich schlucke den Bissen hinunter,
die Säure brennt in meiner trockenen, aufgereizten Kehle,
denn nicht nur meine Seele ist dem Kotzen verfallen.
Nicht nur mein Körper will wunderschön auffallen,
durstigen Blicken gefallen,
nicht unsanft aufprallen
in der nackten Schärfe der Makellosigkeit.

Der Boden schwankt, ich stolziere,
die Decke fällt, ich halte mich fest,
selbst Luft ist zu schwer.

Ich bin zu dick, und dann zu dünn, zu dick, zu dünn,
zu dick, dick, dick, dick, dick, dick ist meine gesamte Sicht
und dünn meine Welt.
Und ich beides in einem, aber beides nie richtig.
Ein Kreisel. Ein kreisrunder Kreisel,
der sich im Kreise rundherum dreht.
Um Zahlen herum, um Insta-Fotos herum,
um abgebissene Weckerl, ausgetrunkene Fruchtshakes, um
Apfelbutzen und den Geruch von Vanillekrapfen,
den Traum von heißer Schokolade und Marshmallowtränen,
schwimmend in Pisse, rund herum, herum, herum.

Langsam werde ich wohl langsamer,
kaum stehen, still knien, umfallen.
Doch bis dahin sitze ich hier und esse meinen Apfel,
und du nun auch mit mir.
Unter denselben grellen LED-Schul-Aula-Lichtern
sitzen wir hier, essen schweigend
unser schimmerndes Obst
und mustern uns gegenseitig.
Unter demselben Dach des grauen Schulgebäudes
dieser selben grauen Welt unter derselben bunten Sonne
sitzen wir hier und beißen stolz in strotzende Äpfel,
die roter glänzen als unsere bleichen Lippen.

Doch Fruchtsäure ist kein Gift,
Kotze die Schrift,
mit der wir uns in den Hals tätowieren,
dass wir Knochen huldigen
und die Sterne vor den Augen anbeten,
wenn wir aufstehen,
sind wir die radikalsten Gläubigen
der Teenagerdynastie.

Unsere Gedanken strömen,
geladen mit 15.000 Volt,
zu einem Hurrikan,
der in unseren Köpfen tobt,
Piranhas aus Toxika fressen Energiereserven,
der Hai ist mein Herrscher und König
und Leere auch eine Art von Ordnung.
Die Sintflut lässt nur 35kg-Menschen zurück.
Aber auch nur vielleicht.

Wie zu goldenen Kelchen zum Prost greifen wir
zu unseren Äpfeln und Biss um Biss stoßen wir an.
Du darauf, wie ich zu sein,
und ich darauf, weiter ich zu sein.
Wie Kreisel, wie kreisrunde Kreisel
drehen wir uns um uns im Kreise rundherum.
Apfel oder Schokolade.
Apfel oder Schokolade.
Apfel. Für heute ist es noch der Apfel.
Aber morgen vielleicht ein Stückchen Schokolade.

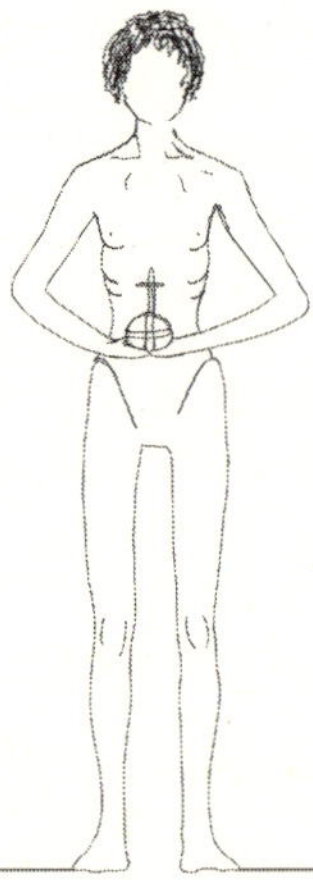

Erinnerst du dich?

Du sitzt wahrscheinlich in deinem Zimmer und lernst,
dein Gesicht, wie immer, konzentriert ernst,
dein Fleiß als Zeichen stark und sturer Tapferkeit,
deine Gegenwart jetzt meine Vergangenheit.

Erinnerst du dich an das alte Parkett,
verstreute Scherben obenauf,
brav eingeklemmt im erwachsenen Korsett,
die Hand am Türknauf,
Mutters Schluchzen durch hölzerne Verschlossenheit,
Schreie versiegeln verstummende Verdrossenheit,
[ver]suchend im Buch
bleibt [Ant]wort im Fluch
und Fluch[t] nur Versuch?
So lebt ihr versklavt,
Freiheit erringen
könnt ihr nur im Schlaf.

Erinnerst du dich an eisiges Wasser,
die nasse Haut rötlich, umso blasser
dein Sorgengesicht,
Knochen tragen nicht nur dein Gewicht,
jedes Kilo für ein Schutzfell,
zitternd und möglichst
schnell, schnell, schnell
schrubbst du deinen Körper,
die Hände schon taub,
doch da klebt noch Schaum.
SO HALT DICH IM ZAUM,
es ist eben Winter!
Die Rechnung von Strom und Gas hat sie vergessen,
das Geld Bettlern geschenkt stattdessen.

Der Duschkopf in seiner rechten Hand als Waffe,
in der linken eine Alkoholkaraffe,
kühl glühend, dann brühend der Strahl,
bebendes Mädchen, lebender Totenpfahl.
Du wolltest seine neue Frau nicht mit »Mama« ansprechen
müssen,
doch da packt er dich an den Füßen,
dann am Kragen
wirst du in die Dusche getragen.
Kakao verschüttet.
[Angst]
Vertrauen zerrüttet.
[Bedrängnis]

Er schreit, weinen sei schwach,
der Boden zerfällt mit dem Dach,
willkommen im Hochschweigegefängnis.
In deinem Zimmer scheint dies jedoch fern,
Augen auf die Hausübung, lern, Mädchen, lern!

Ferien fürchtetest du am meisten,
denn als alle verreisten,
musstest du zuhause bleiben,
musstest du zuhause leiden,
konntest du zuhause meiden
nur im Zimmer beim Gedichteschreiben.
Eine Wandbreite entfernt der Bruder,
betrunken,
der Pinsel zittert, blaue Flecken,
rote Kratzer im Puder
versunken.
Gedämpftes Stöhnen, eine Handweite Mauer getrennt,
der andere Bruder, wieder mal Tage verpennt,
Mama schluckt die Wahrheit runter,
Lügen übermalen bunter
nichtige Stille hinter chaotischem Tosen,
Zärtlichkeiten bleiben rare Almosen.
Einzeln anwesend in gemeinsamer Abwesenheit,
vierzig Quadratmeter zu viert stinken nach Einsamkeit.

Du sitzt in deinem Zimmer und lernst,
dein Gesicht, wie immer, so konzentriert ernst.
Bald wird Mama erneut verschwinden,
sich kurz darauf in Gottes Licht wiederfinden,
eure gestohlene Kindheit ist ihr Testament,
stark ihre Arme, stur stürmisches Temperament.
Sie gab dir ja Leben, also bist du nun ihres,
has[s]t du zu sein,
sie füllt und du fühlst
in der Fülle die Leere,
die nach dir greift, um zu reißen.
Vorhang zu, niemand darf etwas sehen,
Vorhang zu, niemand kann das verstehen,
VORHANG ZU,
MACH DEN VERDAMMTEN VORHANG ZU!

Frühstück, Mittags-, Abendmahl,
zitternd der Körper, ein lebender Totenpfahl.
Opas Demenz steigend,
ihr sitzt in der Küche, schweigend,
er beginnt, vom Krieg zu erzählen,
sich selbst der unschuldigen Großväterlichkeit zu bestehlen.
Erinnerungen von Gegenwart unmöglich zu trennen,
»Russenkind« wird er dich nennen,
deine Mutter wäre für ihn gestorben,
als sie deines Vaters Frau geworden,
ist doch klar, dass ein Russe betrügt,
alle belügt, es ihn vergnügt,
drei Kinder zu zeugen, alles Geld zu verprassen,
Mama mit Schulden für eine junge Frau zu verlassen,
nichts war doch gut, was aus Stalingrad kam!

Der Wahn steigt,
der Gram reicht
Granit das Wasser.
Vorhang zu, Mädchen, schweige,
Vorhang zu, lern und schreibe!

Zwei deiner Freunde
werden noch aus dem Leben scheiden,
du wirst die Drogenteenies daraufhin meiden,
tausende Kilometer bald trampen,
oft ohne Zelt oder Schlafsack campen,
unter Bäumen und Büschen Unterschlupf finden,
dich durch dutzende Callcenterjobs ringen.
Sicherer fühlst du dich als Vagabund,
nirgendwo und überall
statt in der Familie zuhause,
und weil du dir nie ne Pause erlaubst,
landest du mit dreiundzwanzig im Burnout.

Niemals an dich geglaubt,
niemals wem anvertraut,
zahlst wieder mal selbst drauf,
zwingst dich stets schnellst auf,
weiter geht's, weiter geht's!
Jetzt lauf doch nicht weg, sondern bleibe,
meinetwegen im Zimmer, aber schweige
nicht länger, Vorhang auf,
brich ihn endlich
und schreibe!

So saßt du täglich im Zimmer und lerntest,
dein Gesicht konzentriert, ernst, und so erntest
du durch Fleiß und Mut zarte Tapferkeit.
Was für dich Gegenwart jetzt meine Vergangenheit,
durch die nun erkennbar jene Lebensart
des Kraft-Tankens im Saft der Gedanken,
abgesessen nun die Haft,
geöffnet jene Kindheitsschranken.
Du trittst hervor mit kämpferischer Wesensart
auf eine Bühne und begegnest unserer Gegenwart.

Zwischen Friedenspfeifen und Auf-Frieden-Pfeifen

Plastik unser,
das du schwimmst im Ozean,
verharmlost werde dein Gebrauch,
dein Verderben nicht komme,
deine Haltbarkeit bestehe
wie im Weltall, so auf Erden.
Unsre täglich' Verschwendung gib uns heute
und vergib uns deine ständig' Verwendung,
wie auch wir vergeben uns diese Schuld.
Und führe uns in Versuchung,
von der Raffsucht uns nie zu erlösen.
Denn dein ist das Reich des Planeten
und die Kraft des Konsums
und die Herrlichkeit der Billigpreise
in Zerfallszeit Ewigkeit.

Nimmermehr viel Zeit,
Menschen quer gereiht,
das Gewehr bereit,
Gegenwehr verleiht
Degen, Speer gar Flair,
jedem Heer sein Eid,
immer Herr vom Leib,
seelenleer blickt Neid,
schlimmer, wer bloß schweigt.

Willst du gar nichts sagen?
Oder du?
Irgendwas musst du doch dazu sagen?
Denken?
Fühlen?
Hast du keine Meinung?
Du auch nicht?

Ja, dann schweigen wir einfach,
ein schweigendes Inferno
hat keine Geschichte je gesehen,
Schweigen und Nichtstun,
so kann die Welt sich weiterdrehen.
Nichts brennen, wegwerfen und produzieren,
einander nicht töten oder begieren.
Erst in der Stille wird Ungehörtes laut,
die gebeugte Mutter hebt nun ihr Haupt.

Ihr Kopf wirkt kahl,
die Haut gar fahl,
blutgetränkte Bäche
die Augen,
schmutzversenkte Fläche
ihr Rücken,
die Lungen verstauben,
sie kann sich schwer bücken,
kaum Kraft in den Beinen,
ihre Kinder, die weinen,
ihr Wille vermodert,
und ihr Körper lodert.

Einst hat sie herrlich geschienen,
prächtig glänzte ihr Kleid,
mächtig und stark ihr Leib,
gab Schutz den Schützlingen,
pflegte sie wohlgenährt;
wir nahmen selbstverständlich,
nahmen sie aus gar schändlich,
Endlichkeit blieb ewig unbemerkt.

Nun tanzen wir auf Ruinen,
veranstalten ein Konzert,
doch nahen sich Lawinen,
die Mägen ölgefärbt,
husten wir alte Lieder,
von unsrer ach so schönen Welt,
sind wir denn nicht die Sieger,
Herrscher von Raum und Zeit durch Geld?
Obacht, wir sind der Tiger,
der hungernd streift durchs letzte Feld.

Plastik auf Erde,
Wälder zu Asche,
Wolken zu Staub.

Im falschen Licht tickt falsche Uhr,
gewohnt, Nächte stets zu vertagen,
werden wir morgen begraben,
worauf wir heute stolz thronen.
Stürzen wir die Monarchie der Natur,
entreißen wir Bäumen ihre Kronen,
zerstören wir unseren Lebensraum,
für menschlichen Strebens Traum
nach oben, ganz nach oben,
ja, roden wir Grund und Boden
für unseren Himmel, bestehend aus Luft,
schaufeln wir uns die eigene Gruft!

Im Grunde
bleiben wir eine Runde
eingebildeter Affen,
die einander geizend begaffen,
auf Frieden pfeifen
und, anstatt zu Friedenspfeifen,
gleich zu Waffen greifen.

Wir führen Ameisenkriege,
manipulieren Wahlsiege für Machtaufstiege,
bedrohen uns mit Macheten
wegen diesem oder jenem Propheten,
wir sind der Krebs des Planeten,
Schimmel, nicht nur an Kanten und Ecken,
nicht auszuradierende Flecken,
die Seuche schlechthin:

Homo Sapiens,
der Affe, der denkt und spricht,
der Feuer benützt als Licht,
der, der sich erhebt,
der, der aufrecht geht,
der nach Großem strebt,
der im Weltall schwebt,
der für sich nur lebt,
der das Ende prägt.
Homo Sapiens:
verbissen gerissen,
vernünftig,
doch ohne Ge-Wissen
nicht künftig.

Er spricht und handelt nur für sich,
leer bleibt sein Herz, unempfänglich,
die Stimmen jener, die nicht seine Sprache sprechen,
verstummen, ohne je gehört worden zu sein.

Doch taubstumm sollen wir nicht bleiben,
jung sind wir, lauter als Schweigen,
zahlreich und klug, mutig die Herzen,
die Natur in uns unmöglich auszumerzen.

Das, was andere verdecken, sehen wir,
das, was andere verdrecken, säubern wir,
das, was andere verstecken, holen wir hervor.
Wir wecken euch auf, schrecken euch aus
dem Schlaf, euren Träumen,
die zu unseren Albträumen mutierten,
bevor sie in Aller Realität existierten.
Nicht länger können wir untätig warten,
Verantwortung ist eine Antwort auf eigene Taten
– das brachtet ihr Eltern uns bei.

Wenn es jetzt und hier um uns alle geht,
dann brauchen wir für ein Uns auch Alle.
Also lasst nicht eure Kinder im Stich, Mütter und Väter,
auch ein Nicht-Handeln macht zum Täter.

Die Sanduhr wurde gekippt,
die letzten Körner fallen nieder,
merkt ihr nicht, wie die Zeit tickt?
Mutters Erdenschreie hallen wider
in jenen der Babys, die niemals geboren.
Lasst die Waffen sinken, wir haben längst verloren,
die Rücken Armer können nicht ewig
Reicher Lasten tragen,
wir lebten in blindem Luxus,
an dessen Kehrseite Unschuldige starben.

Es ist fünf nach zwölf, Zeit verläuft nur linear,
das, was ist, wird nun zu dem, was war,
und das, was war, ist nicht mehr
als freiwillige Taub- und Blindheit
im Austausch für künftige Kindheit.

Dies ist das letzte Lied der Menschheit,
dem wir unwissend lauschen
in der Abwesenheit von Blätterrauschen
der Birken und fehlendem Insektenzirpen,
dem Knistern brennender Wälder,
dem Sirren der Fliegen um tote Kälber,
deren Glieder in Mistkübeln liegen.
Ob wir dem Untergang obsiegen,
entscheidet unser letzter Wille,
jene Sinfonie von Chaos und Stille,
prägt sie euch ein ins Gedächtnis,
denn vielleicht bleibt dies unser einzig' Vermächtnis.

Mehr Raum in der Welt

Wien, Österreich.
Es geht um Hände,
die an falschen Körperstellen liegen bleiben,
um Blicke, die zu lange auf Lippen verweilen,
anstatt die leisen Worte, die jene formen, zu hören.
Es geht um ein Nein, das kein Jein ist,
das auch zu keinem Ja wird,
selbst wenn du noch einmal fragst,
sondern ein Nein, das ein Nein ist
und auch bleibt,
egal, wie zögerlich zart
es gesprochen wird.
Es geht darum, dass, als du neulich im zehnten Bezirk
leicht angeheitert,
aber noch nicht betrunken,
um die Ecke gebogen kamst und die Frau,
die am Boden niedergesunken,
eines kurzen Blickes bedachtest,
eines zweiten,
nochmal kurz über die Schulter
ein dritter,
aber dann
einfach weitergingst.

Mumbai, Indien.
Akhila ihr Name,
der ihres großen Bruders Vinod.
Und Vinod geht jeden Tag in die Schule,
während Akhila zuhause bleibt,
doch als Akhila Papa mal fragte,
warum Vinod lernen darf, wie man schreibt
aber sie statt Buchstaben und Zahlen
Zutaten und Rezepte können muss,
schenkte Mama ihr einen Kuss,
und Papa einen verächtlichen Blick,
bevor er wütend rief: *»Vinod,*
er ist eine Investition,
durch ihn bekommen wir eine Frau ins Haus plus ihre Mitgift.
Der für die Lippen ist der einzige Stift,
zu dem du darfst greifen,
denn zwischen deinen Rippen reifen
zukünftige Sippen,
die wir uns nicht leisten können,
und bis Töchter leisten können,
sind sie schon in der Familie des Gatten
und uns bleibt nur ihr finanzieller Schatten.«
So wäscht Akhila des Tags brav ihre Tücher,
doch des Nachts lernt sie heimlich Vinods Bücher.
Und als Vinod einmal seine Aufgabe nicht lösen kann,
hilft ihm Akhila, und irgendwann
entpuppt er sich als Klassenbester
mit den Aufsätzen seiner Schwester,
die ihn bekocht und Böden schrubbt
mit einem IQ von über 150,
der weder jetzt noch künftig
jemals erkannt wird,
weil in dieser Welt der Kapitalismus regiert,
jedermann den Wert von Frauen negiert.

Aber Akhila ist und bleibt ein Geschenk,
und nur auf ihrem mit braunem Henna
fein gemusterten Handgelenk,
ja, in jenen Blüten und Blätterzeichnungen,
lässt sich erahnen ihr herausragender Intellekt,
denn dort sind mathematische Gleichungen
neben poetischen Sätzen versteckt.

Iriba, Tschad.
Sie heißt Mara, zwölf Sommer jung,
seit vorgestern verlobt,
damit sie nun ihr Glück in der Ehe erprobt,
um endlich die Familie finanziell zu entlasten
und zu beenden Mamas fürsorgliches Fasten.
Mara wird so ja auch *geschützt* vor einer Vergewaltigung
oder – Gott behüte – einer unehelichen Schwangerschaft,
denn damit wäre die ganze Familie mit Schande bestraft,
und um die Tradition nun zu wahren,
heiratet sie einfach mit zwölf Jahren
ihren Cousin,
der knapp neunundzwanzig Winter zählt.
Das ist mehr als doppelt so viel Zeit,
wie sie jemals erlebte
und erleben sollte,
denn sie wusste zwar, dass *das* ihr Leben ist,
auch wenn sie fühlte, dass das nicht wirklich *Leben* ist.
Aber in jener Hochzeitsnacht,
die sie durchgehend zitternd im Bett verbracht,
nachdem das Raubtier an ihrer Seite
sich seines Pyjamas entledigt
und sie ihre Pflicht als Ehefrau erstmalig erledigt,
wurde ihr klar, dass leben nicht gleich Liebe heißt,
aber lieben immer Leben verheißt.
So wurde das Hochzeitsbett zu ihrem Grab,
da in jener Nacht ihre Kindheit verstarb.

Erde, Milchstraße.
Es geht hier darum, dass weltweit jede fünfte Frau
minderjährig verheiratet wird
und ebenso wird jede Fünfte von ihrem Ehemann
missbraucht oder geschlagen.
Es geht hier darum, dass 130 Millionen Mädchen
keinen Zugang zu Bildung haben.
Es geht um das Recht auf Abtreibung
sowie das Stoppen von Abtreibung
spezifisch weiblicher Föten.
Es geht um Milliarden von Menschen, die alle auf einem
Planeten leben,
und jede:r ist einzigartig, du nicht wie der:die daneben.
Denn nur weil meine Eltern
irgendwann irgendwo Sex miteinander hatten
und dann zufällig das X-Chromosom schneller war
als manche Ypsilons,
heißt das nicht, dass ich deswegen
weniger Rechte habe als Männer,
weil, verdammt, ich war die Schnellste
und hab mir meinen Platz auf dieser Welt genauso
unverdient verdient
wie all die anderen Menschen hier.

Ich weiß, dass ich ein weißes,
privilegiertes Mädchen aus Österreich bin,
doch die Geschichten jener Frauen *bleiben* die Geschichten
jener Frauen,
niemand kann ihnen das stehlen,
aber ich kann hin- statt wegschauen
und davon erzählen,
durch deren Geschichten
das Thema Sexismus personalisieren,
um drei verschiedene Facetten davon zu charakterisieren.

Leben ist doch nichts anderes als Intensität
gemessen an Zeit,
Liebe abhängig von der Persönlichkeit einer Person,
nicht von XX oder XY-Chromosom.
Und wenn sich Menschen bereits
in den Weltraum trauen,
warum dann nicht auch mehr Raum in der Welt
für uns Frauen?

Erotic Temple Crazy Sexy

Afrika, im Norden die Sahara,
südwestlich in Nigeria,
ein Mädchen, vierzehn Jahre jung, Amara.
Ihre leibliche Mama – von Papa vertrieben,
dann starb Papa, Amara bei der Stiefmutter verblieben.

Diese schickt sie zu einem Priester,
der erzählt von einer Schwester im Herrn,
die lebte zwar fern,
doch sie gäbe ihre gern
einen Job in Europa.
Amara würde dort recht gutes Geld verdienen,
könnte irgendwann vielleicht sogar studieren
und, *Hallo, come on,* Europa,
dieses wunderbare,
sonst so unnahbare Europa!

Jene Frau böte Arbeit in der Kosmetik,
trüge Hoffnung, einen Namen voll Ästhetik,
nämlich Madame,
und alsdann
besitzt Amara erwachsenes Alter, ein bisschen Geld,
einen falschen Pass, zur Touristin verstellt.

Zwei Züge, ein Schiff, drei Busse, Paris,
zwei Schlepper, ein Bus-Unterdeck als Verlies,
kein Pass, kein Geld,
Au Revoir, alte Welt!
Aufgewacht im wunderbaren Europa,
irgendwo in Deutschland, öffnet sich der Kofferraum,
verschließt sich Amaras Zukunftstraum
mit jedem Wort jener Madame:

»Sieh an, unser neuer Rotlichtstar
der Sparte: junges Afrika.
Nun schmink dich einmal
und mach keinen Skandal,
wenn heute noch dein erster Freier kommt!
Sei in jedem Fall besonnt,
und nach Du-weißt-schon-Was,
du weißt schon, dass sie alles machen dürfen, was sie wollen,
wir alles mit dir machen, wenn du nicht willst,
aber nach Du-weißt-schon-Was
hebst du in die Höhe drei Finger,
so kriegst du 30 Euro und nichts geringer,
die Miete beträgt 130 pro Tag,
täglich zehn sind hier Mindeststandard.«

Sogleich wird Amara in ein 9m²-Zimmer gesperrt
– aber weil sie den ersten Freier abwehrt
und auch sonst infolge zu wenig verdient,
sich das im *Erotic Temple Crazy Sexy* nicht geziemt,
wird sie drei Wochen in einem Kofferraum
gefangen gehalten.
Danach macht sie keinerlei Anstalten
mehr, Widerstand zu leisten,
und wie die meisten
beginnt sie, sich mit Alkohol und Drogen zuzudröhnen,
um sich an die Qual zu gewöhnen.

Ihr Wille gebrochen,
abgemagert bis auf die Knochen,
die ersten Worte auf Deutsch lauten
»Wie viel?« und *»Komm her!«*
und bald fällt es ihr nicht mehr schwer,
die Miete bezahlen zu können.
Zwar leben hier keine Models, aber alles ist jung,
dafür begehen Kunden jederzeit nen Seitensprung,
denn die Mädchen sind nur Ware,
von jeder Sorte dutzend Exemplare.

Nachtblau die Stunden,
Tränensalz in den Wunden,
ihr Zimmer ihr Sarg,
zehn Männer pro Tag.

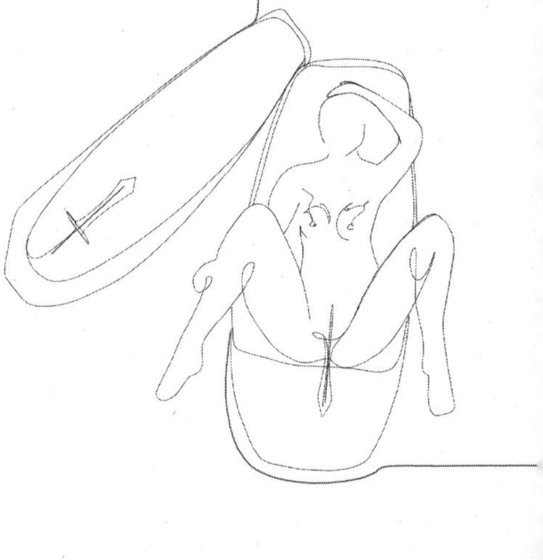

Doch bei einer Polizeirazzia wird Amara gefunden,
jene Madame an ein schnödes Urteil gebunden:
Schmerzensgeld und zwei Jahre Bewährung.

Im Austausch für eine Kindheit, ein Leben,
zwei, drei, wie viele denn?

Ich will keinen Beruf diskriminieren,
schon gar nicht,
wenn er freiwillig und kontrolliert ausgeübt wird.
Doch solange wir Prostitution
als einen Teilbereich von *Wellness* definieren,
man veraltete Gesetze zu erneuern,
nicht einmal probiert,
sondern weiterhin möglichst liberal
mit Menschenhandel umgehen will,
solange *kann* sich gar nichts ändern.

Allein der Gedanke, dass es Flatrate-Bordelle gibt,
wo Männer einen Fixpreis, wie in Amaras Fall dreißig,
FUCKING DREISSIG EURO
zahlen und dann so lange und so oft dürfen,
wie sie wollen,
allein dieser Gedanke,
dass Frauen am Sklavenmarkt
um circa 1.500 Euro versteigert werden,
was nicht einmal unserem durchschnittlichen
Monatseinkommen entspricht.
Denn, nein, Sklavenhandel
ist niemals abgeschafft worden,
nicht einmal hier in Europa,
diesem unnahbaren, gar nicht so wunderbaren Europa.

Der *Erotic Temple Crazy Sexy*
war auch nicht als Bordell angemeldet,
sondern als »gewerbliche Zimmervermietung
mit Sitz in Frankfurt am Main«.
Doch viele durch Menschenhandel in die Prostitution
verkauften Mädchen sind allein
in privaten Wohnungen untergebracht.
Und *diese* Frauen findet man fast nie.

Wenn man nicht mal in einem der dreihundert registrierten
Bordelle in Wien sucht,
will man sich über die Laufhaus-Dunkelziffer
gar nicht informieren,
sprich Europa von der Illusion des
Unschuldig-Wunderbaren demaskieren.
Denn all diese Menschen mit Menschenrechten
nehmen anderen Menschen ihre Rechte
und sind die Sklaventreiber des neuen Jahrhunderts.

Und all diese Mädchen in Berlin,
Amsterdam, Paris, aber auch Wien
dürfen doch nicht von Tätern versteckt,
vor Medien unentdeckt bleiben,
zu schwer das Gewicht auf Justitias Waage.

Es gibt keine Antworten, lediglich eine Frage:
Wollen wir über all das weiterhin schweigen?

1 Geschichte = 60 Sekunden

5 Minuten oder 300 Sekunden,
jetzt 296
Tage
sind sie bereits zusammen,
und ihre Augen entflammen
jedes Mal erneut, wenn sie ihn betrachtet.
Aber er,
er achtet
irgendwie nicht mehr darauf,
Verliebtheit im Leerlauf,
ein nächtlicher Kreislauf
von einseitig ersehnten Berührungen.
Doch er berührt
die Sekretärin,
eine ehemalige Veterinärin,
und seine Hände verweilen
nur ein paar Sekunden, ein paar Sekunden,
EIN PAAR ELENDIGLICHE SEKUNDEN
zu lang
auf ihrem Oberschenkel.

Seine Blicke, seine Blicke kleben
nur ein paar Mal zu oft, zu oft,
VERDAMMT ZU OFT
auf ihren Lippen.
Und als er dann zu spät nach hause kehrt,
wird er bereits erwartet, heiß begehrt,
doch als sich wortlos ihre Blicke treffen,
die Zeit exakt eine Minute stillsteht,
während eine Sekunde nach der andern vergeht,
weiß die Freundin und weiß er,
dieses Lügenleben
funktioniert nicht mehr.

4 Minuten oder 240 Sekunden,
jetzt 236
E-Mails
in der Mailbox
und Paula seufzt
in der kurzen Pause der Beats
aus der Lautsprecherbox des Büros
– Ding –
eine neue E-Mail in der Mailbox
– tschk-tschk tschk-tschk –
der Beat aus der Lautsprecherbox des Büros
und Paula seufzt.

Sie braucht eine Pause,
will nachhause,
will das alles nicht mehr,
will einfach weg,
einfach weg,
einfach weg,
einfach
weg,
weg,
weg, einfach
... sie weiß es nicht.
Aber sie weiß, dass sie so nicht weiterleben kann
oder will.

Das mit den Depressionen, haben sie gesagt,
das hat jeder einmal,
also Paula, drück's einfach durch,
haben sie gesagt.
Ja, ja, das ist echt hart, aber du bist stark,
haben sie gesagt,
Paula, du kannst dich ja jederzeit melden,
wenn du was brauchst,
haben sie gesagt.
– Ding –
eine neue E-Mail in der Mailbox,
– tschk-tschk tschk-tschk –
der Beat aus der Lautsprecherbox des Büros.
Und Paula seufzt.

3 Minuten oder 180 Sekunden,
jetzt 176
Lari
hat Salome diese Woche verdient,
doch damit ist ihrem Mann nicht genügend erzielt.

Aber sie konnte halt noch nie gut verhandeln,
wenn die Obstpreise am Markt alle in die Tiefe wandern,
dann muss man sich ja anpassen,
sonst ließe sich gar nichts mehr verkaufen.
Ihr Mann wird sowieso das wenige Geld versaufen,
soll er sich doch die Zehen wundstehen,
soll er sich doch die Stimme herausschreien
und jenen großäugigen Kindern verzeihen,
die tagtäglich die schönsten Äpfel mitgehen lassen.
Nun gut, sie drückt meistens auch ein oder zwei Augen zu,
aber die Kleinen sind halt wirklich abgemagert,
von aller Welt verlassen.
Und 176 Lari sind immerhin noch mehr als letzten Monat,
das reicht zumindest mal bis Winterstart …

Vorausgesetzt, dass er es nicht wieder für Vodka
vernippt und vernippt,
und Salome
gibt und gibt alles
und er
kippt und kippt alles
seine Kehle hinunter.

2 Minuten oder 120 Sekunden,
jetzt 116
Schüsse
sind heute bereits gefallen.
Das sind unglaublich viel für einen Samstag.
Und Zarif hört immer noch das Echo des Echos des Echos
der letzten Patrone widerhallen.
Vielleicht hat er sich aber auch bei den Schüssen verzählt,
er hat in der Schule bereits echt oft gefehlt,
eventuell hat er dadurch das Zählen verlernt,
generell wirkt Schulalltag viel zu weit schon entfernt.

Zarif lauscht dem Echo des Echos des Echos
des stummen Schmerzschreis der Stadt.
Und er betet und betet zu Gott,
aber weiß nicht einmal mehr, warum.
Vielleicht hat er ja auch den Glauben verlernt.
Und das Tuch seiner Schwester um seinen Hals
erstickt seine Sorgen.
Und die Worte seines Vaters in seinem Kopf
übertönen seine Zweifel.
Und die Arme seiner Mutter um seinen Körper
lassen ihn für einen kurzen,
ganz kurzen Moment vergessen,
dass Vater und Schwester tot sind,
und währenddessen
fällt Schuss Nummer 117.

1 Minute oder 60 Sekunden,
jetzt 56
Tränen,
eine lange Umarmung,
ein paar verweinte Worte,
viel zu viel gedachte Sätze
und eine nun geschlossene Pforte,
wo die Tür stets einen Spaltbreit offen blieb.
Statt dem Beat schallt inzwischen ruhigere Musik
aus der Lautsprecherbox des Büros
und Paula seufzt,
hält inne,
atmet tief durch,
und tippt eine Nachricht am PC:
»Hey, mir geht's grad nicht so gut, hast du Zeit
für ein bisschen Deep-Talk und Kaffee?«

Jetzt bleiben noch 25 Sekunden,
und was derweil alles geschehen kann,
wird gleich rausgefunden.

Denn bevor Salome ihre Hütte betritt,
versteckt sie einen Teil des Geldes unter dem Blumentopf.
Statt Wodka gibt es diesmal einfach Bohneneintopf
und wenn er streiten will,
dann wohnt sie ab jetzt bei ihrer Schwester bis April.
Und in Damaskus in einer der Moscheen
erschallt Schuss Nummer 118
und Zarif hört ihn laut,
so laut,
so ohrenbetäubend laut

und dann

hört er nichts mehr.

Denn

das

war die letzte

Sekunde.

Es l(i)ebe der Tod

Auf einer bunten Blumenwiese,
einem Pastellfarbenparadiese,
so schön, dass selbst Tiere hier nicht jagen,
solch Schönheit zu zerstören nicht wagen,
gar lieber ihre Namen
jenen Pflanzenwesen leihen:
Bärlauch, Löwenzahn und Gänseblümchen gedeihen,
Märzenbecher bechern gefallene Himmelstränen auf,
und selbst Disteln
fisteln mit beinah' gleich viel Charme wie Misteln.
Hier, wo der Boden
wie ein vollkommenerer Sternenhimmel wirkt,
stirbt auf einmal alles, was die Füße
jenes Eindringlings berührt:

Eine hagere Gestalt, bleiches Antlitz,
in einen schwarzen Umhang eingeschnürt.
Krähen krächzen in einem unheilvollen Chor,
Blumen ächzen ihren letzten Blütenstaub hervor,
windstill und starr
verharrt Kälte wie im Februar.
Ein Pastellfarbenparadiese mit einem toten Blumenpfad,
und jene Gestalt, die stets verheißt den Sarg,
schreitet unbeirrt durchs wilde Knospenmeer:
Seine Majestät persönlich,
ja, der Tod.

Doch kaum ein paar Sekunden ewig schlafend,
heben die vorhin gemordeten Pflanzen wieder ihre Köpfe,
die Pusteblumen schütteln gar ihre Schöpfe
und verlieren ihre letzten grauen Samenhaare,
die im Fluge bilden Liebespaare,
denn, ach, so kommt der Tod,
so kommt das Leben,
stirbt das Leben, lebt der Tod.
Und tatsächlich betritt nun,
Ihre Majestät persönlich,
ja, das Leben jene Lichtung.

Hier, wo der Sternenhimmel
wie eine prachtvollere Blumenwiese wirkt,
lebt auf einmal wieder alles,
was die Füße jener Fremden berührt:
Eine grazile Gestalt, sommersprossiges Gesicht,
in ein feuriges Kleid eingeschnürt.
So wie die Toten nun wieder leben,
so dreht der Tod sich zu dem Leben
und erschrickt angesichts der Schönheit seines Gegenteils,
welches ihn keck anlächelt, bevor es beginnt, zu tanzen.
An Größe und Pracht

wachsen um sie herum die Pflanzen,
wippen ihre Köpfe im Takt
des Lebens Luftsprünge und Hüftschwünge.
Einzig um den Tod herum
bleibt ein tristes, kleines Feld an Tod.

Doch das Leben fühlt sich von jenem nicht bedroht,
sondern setzt an, sich wild um ihn herumzudrehen,
und als dem Tod vor entzückendem Gefallen
fast die Augen herausfallen,
bleibt das Leben plötzlich vor ihm stehen.
Der Tod räuspert sich vornehmlich,
bückt und pflückt nun eine Rose,
die er dem Leben darreiche,
doch sowie er den Stängel angreife,
verwandelt sich die Blume zur Leiche.
Etwas peinlich berührt hält er ihr
dennoch die verwelkte Rose hin,
doch das Leben stemmt die Arme in die Hüfte und sagt:
»Was willst du, Tod, denn von mir?
Du bist jedermanns Feind – im Gegensatz zu mir!
Bringst den Menschen nur Untergang sowie Verderben,
du zerstörst meine Werke, darum kann aus uns beiden
doch nie etwas werden.«

Dem Tod fallen erneut fast die Augen aus,
er ruft: *»Leben, sprich freiheraus,*
du hältst dich wohl für besser als mich?
Aber ich *bin unvergänglich, du bist es nicht.*
Ich, ja, ich bringe erst deinen Wert zum Vorschein,
denkst du, ich sei der Schrecken der Menschen? Nein!

Ich bin die Erlösung *ihres Lebens,*
ich vollende, was du geschaffen,
und wenn meiner Kunden Wunden klaffen,
dann säubern sie meine Tränen,
doch die meisten Menschen sehnen
sich sowieso schon längst nach mir,
und ich begrüße sie wie ein Freund
nach einem harten Arbeitstag.

Kurz ist meine Tat, entweder als Kuss oder als Schlag,
du hingegen weilst zumeist lange,
birgst nur krisenreiche Belange,
und niemand, wirklich niemand weiß,
was überhaupt dein Sinn *ist*!
Vielleicht bin ich der Höhepunkt *des Lebens*
eines jeden Organismus,
ein Abschluss des Lebens,
ein Ausfluss an Leben,
ein Lebens-Orgasmus!«

Da erbleicht das Leben,
wird gar blasser als sein Gegenüber,
die Lippen zittern,
der Blick wirkt trüber.

»*Tod, geh sterben!*«,
kreischt das Leben und kehrt ihm weinend nun
den Rücken zu.

»*Ach, wenn ich nur könnte*«, lächelt der Tod
und fügt entschuldigend hinzu,
»*Leben, bitte verzeih mir meine aufgebrachten Worte,*
hab gesehen zu viele Morde,
als dass ich den Sinn von irgendetwas noch versteh,
doch dich verletzt zu sehen, tut weh.

Vielleicht sind weder du noch ich gut oder böse,
du, die im Vordergrund Lebhafte,
ich, der im Hintergrund Mysteriöse.
Vielleicht sind wir beide füreinander geschaffen,
weil wir einander Sinn erschaffen.
Denn ohne mich kannst du nicht sein
und ohne dich bin ich dein Schein.
Siehst du denn nicht, dass wir abhängig voneinander?«

Das Leben lauscht aufmerksam,
wenn auch ein klein wenig durcheinander.
Es betrachtet den Tod
durch tränengesäumte Augen,
seine letzten Worte, die will es ihm glauben,
und in seinem Kleidchen, zinnoberrot,
greift es zaghaft nach des Todes Rose,
die da herabhängt so lose,
von dessen bleicher Hand gehalten.
Als das Leben des dürren Blattskeletts Falten
sachte berührt,
spürt die Blume neue Kraft,
das Leben selbst schenkt ihr neuen Lebenssaft,
sodass die Rose erwacht zu solcher Röte,
wie selbst der Abend sie niemals besaß.
Des Todes Hand, so blass wie Glas,
greift zögernd nach der Hand des Lebens,
und so ward die Symbiose des Nehmens und Gebens,
durch die Bekanntschaft des Todes und seines Lebens.

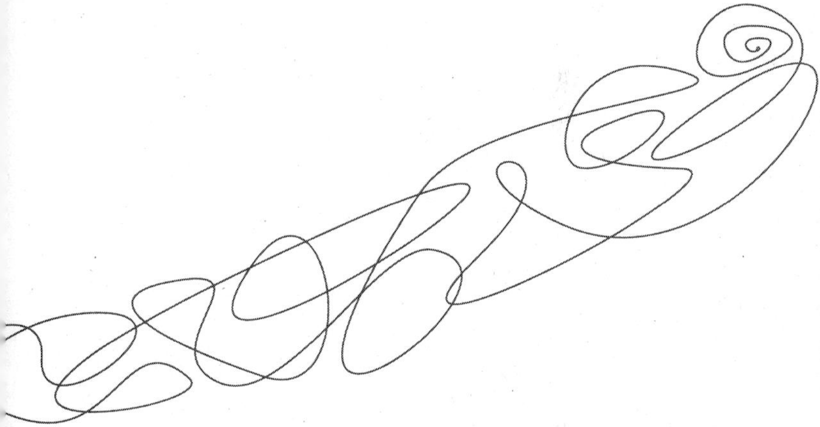

Bei Lektora erschienen

Agnes Maier

Charmegefühl

Der Versuch einer wortwörtliche Revolution

In gereimten und erzählten Texten werden Normen hinterfragt, alltägliche (Sprach-)Gebräuche augenzwinkernd auseinandergenommen und gefühlte Unzulänglichkeiten zu liebenswerten Stärken skizziert.
Ein buchgewordener Dudeneintrag und Anstoß zum Aufbruch in ein neues sprachliches Zeitalter – oder ganz einfach eine wortwörtliche Revolution.

»Dieses Buch ist ein sprachstarkes Destillat aus Alltagsbetrachtungen und Gesellschaftskritik. Pointiert, charmant und schambefreit!«

(Tabea Farnbacher)

»Die Texte von Agnes Maier sind ein Schulterklopfen unter Freundinnen, die Gewissheit, nicht allein zu sein, ein Genau-das-habe-ich-auch-Gedacht. Sie machen Mut, sie machen Spaß und sind liebevoll unbequem. Stark!«

(Selina Seemann)

ISBN 978-3-95461-171-3
13,90 Euro

www.lektora.de

Bei Lektora erschienen

Ines Strohmaier

Herzblessuren

Manchmal braucht es viel Pizza, Stracciatella Eis, einige Packungen Taschentücher und die Schulter eines lieben Menschen, um wieder laut lachen zu können. Oder diese Textsammlung von Ines Strohmaier, die dein gebrochenes Herz liebevoll umarmt und es mit viel Verständnis und Behutsamkeit wieder zusammenflickt. Was das mit Laternen, Granatapfeltee, einer Schokoladenfabrik und der Frage nach der Liebe und dem Sinn des Lebens zu tun hat und warum man unter der Dusche tanzen sollte, erfährt man in »Herzblessuren«.

»Es klingt gut, wie Strohmaier ihr Denken und Fühlen mit dem verknüpft, was sie sieht und weiß. Sie kann daraus stimmige Szenen und Assoziationen schaffen, Emotionen wecken.«

(Allgäuer Zeitung)

ISBN 978-3-95461-161-4
13,90 Euro

www.lektora.de

Bei Lektora erschienen

Henrik Szanto

Entscheidungen und die Äxte, mit denen wir sie fällen

In seiner Textsammlung »Entscheidungen und die Äxte, mit denen wir sie fällen«, gespickt mit Illustrationen von Anna Kohlweis und kleinen Einblicken in die Eigenarten der finnischen und ungarischen Sprache, zeigt uns der Autor, wie das so ist, mehrsprachig aufzuwachsen und oftmals nicht verstanden zu werden.

»Henrik Szanto kann Sprache, Geschichten erzählen und obendrein ist er auch noch klug. Als wäre die Kombi nicht genug, wird man hier nicht nur mit wunderbaren Texten abgeholt, nein, man lernt auch noch dazu. Bravo, Szanto!«

(Yasmin Hafedh)

»Dramatically captivating«

(New York Times)

ISBN 978-3-95461-186-7
13,90 Euro

www.lektora.de